D0339500

MIL VECES HASTA SIEMPRE

JOHN GREEN

Mil veces hasta siempre

Traducción de **Noemí Sobregués**

NUBE **DE TINTA**

Mil veces hasta siempre

Título original: *Turtles All The Way Down*

Primera edición en España: noviembre de 2017
Primera edición en México: noviembre de 2017

ISBN: 978-607-31-6114-5

Impreso en México – *Printed in Mexico*

El papel utilizado para la impresión de este libro ha sido fabricado a partir de madera procedente de bosques y plantaciones gestionadas con los más altos estándares ambientales, garantizando una explotación de los recursos sostenible con el medio ambiente y beneficiosa para las personas.

Penguin
Random House
Grupo Editorial

Para Henry y Alice

El hombre puede hacer lo que quiera,
pero no puede querer lo que quiera.

ARTHUR SCHOPENHAUER

1

La primera vez que caí en la cuenta de que yo podría ser un personaje de ficción, asistía de lunes a viernes a un centro público del norte de Indianápolis llamado White River High School, en el que fuerzas muy superiores a mí que no podía siquiera empezar a identificar me exigían comer a una hora concreta: entre las 12:37 y las 13:14. Si esas fuerzas me hubieran asignado un horario de comida diferente, o si los compañeros de mesa que ayudaban a escribir mi destino hubieran elegido otro tema de conversación aquel día de septiembre, yo habría tenido un final diferente, o al menos un nudo narrativo distinto. Pero empezaba a descubrir que tu vida es una historia que cuentan sobre ti, no una historia que cuentas tú.

Crees que eres el autor, por supuesto. Tienes que serlo. Cuando el monótono timbre suena a las 12:37, piensas: «Ahora decido ir a comer». Pero en realidad el que decide es el timbre. Crees que eres el pintor, pero eres el cuadro.

En la cafetería, cientos de gritos se superponían, de modo que la conversación se convirtió en un mero sonido, en el rumor de un río avanzando sobre las piedras. Y mientras me sentaba debajo de lámparas fluorescentes que escupían una agresiva luz artificial, pensaba que todos nos creíamos protagonistas de alguna epopeya personal, cuando en realidad éramos básicamente organismos idénticos colonizando una sala enorme sin ventanas que olía a desinfectante y a grasa.

Estaba comiéndome un sándwich de crema de cacahuate y miel y bebiéndome un Dr Pepper. Para ser sincera, el proceso de masticar plantas y animales y luego empujarlos hacia el esófago me parece bastante asqueroso, así que intentaba no pensar en que estaba comiendo, que es una forma de pensarlo.

Al otro lado de la mesa, frente a mí, Mychal Turner garabateaba en una libreta de hojas amarillas. Nuestra mesa era como una obra de teatro de Broadway que lleva mucho tiempo en cartelera: el reparto ha cambiado con el paso de los años, pero los papeles nunca cambian. Mychal era el Artista. Estaba hablando con Daisy Ramirez, que hacía el papel de mi Mejor y Más Intrépida Amiga desde la escuela primaria, pero el ruido de los demás me impedía seguir su conversación.

¿Cuál era mi papel en aquella obra? La Compinche. Yo era la Amiga de Daisy, o la Hija de la Señora Holmes. Era algo de alguien.

Sentí que mi estómago empezaba a ocuparse del sándwich, y pese al ruido de todo el mundo hablando a la vez, lo oía digiriendo, todas las bacterias masticando la grasa de crema de cacahuate —los alumnos dentro de mí comiendo en mi cafetería interna. Me recorrió un escalofrío.

—¿No te fuiste de campamento con él? —me preguntó Daisy.

—¿Con quién?

—Con Davis Pickett —me contestó.

—Sí —le dije—. ¿Por qué?

—¿No estás escuchándome? —me preguntó Daisy.

«Estoy escuchando la cacofonía de mi tracto digestivo», pensé. Hacía tiempo que sabía que era huésped de una enorme colección de organismos parasitarios, por supuesto, pero no me gustaba demasiado que me lo recordaran. Si hacemos recuento de células, los humanos somos microbios en un cincuenta por ciento aproximadamente, lo que significa que la mitad de las células de las que estás formado no son tuyas. En mi bioma particular viven mil veces más microbios que seres humanos en la Tierra, y muchas veces me parece que los siento viviendo, reproduciéndose y muriendo en mí, dentro de mí. Me sequé las palmas de las manos sudorosas en los jeans e intenté controlar mi respiración. Es cierto que tengo problemas de ansiedad, pero debo decir que no es tan absurdo que te preocupe el hecho de ser una colonia de bacterias cubierta de piel.

—La policía estaba a punto de detener a su padre por sobornos o algo así —dijo Mychal—, pero la noche antes de la redada desapareció. Ofrecen cien mil dólares de recompensa por él.

—Y tú conoces a su hijo —me dijo Daisy.

—Lo conocía —le contesté.

Observé a Daisy atacando con el tenedor la pizza rectangular y los ejotes del menú de la escuela. De vez en cuando levantaba la mirada hacia mí, con los ojos muy abiertos, como si me preguntara: «¿Y bien?». Sabía que quería que le preguntara algo, pero no sabía qué, porque mi estómago no se callaba, lo que me obligaba a preocuparme por la posibilidad de haber contraído una infección parasitaria, sabría Dios cómo.

Oía parcialmente a Mychal contándole a Daisy su nuevo proyecto artístico. Estaba mezclando con Photoshop las caras de cien personas que se llamaban Mychal, y el resultado de todas esas caras sería el nuevo Mychal, el Mychal ciento uno, y la idea era interesante, quería escuchar lo que estaba diciendo, pero en la cafetería había tanto ruido que no podía dejar de preguntarme si pasaba algo con el equilibrio microbiano de fuerzas dentro de mí.

El exceso de ruido abdominal es un síntoma poco frecuente, aunque no inaudito, de infección por la bacteria *Clostridium difficile*, que puede ser mortal. Saqué el celular y busqué «microbiota normal» para volver a leer la entrada de Wikipedia sobre los billones de microorganismos que hay dentro de mí. Le di un clic al artículo sobre la *C. diff* y bajé hasta la parte que dice que la mayoría de las infecciones por *C. diff* se producen en hospitales. Bajé un poco más, hasta una lista de síntomas, y yo no tenía ninguno de ellos, excepto el excesivo ruido abdominal, aunque sabía por búsquedas anteriores que la Cleveland Clinic había informado del caso de una persona que había muerto por *C. diff* tras haber acudido al hospital sólo con dolor de estómago y fiebre. Me recordé a mí misma que no tenía fiebre, y mi yo me contestó: «No tienes fiebre TODAVÍA».

En la cafetería, donde aún radicaba una parte cada vez menor de mi conciencia, Daisy le decía a Mychal que para su proyecto de mezclar caras no debería utilizar a personas que se llamaran Mychal, sino a hombres a los que hubieran metido en la cárcel y después hubieran liberado por no haber cometido los delitos de los que los habían acusado. «Además, sería más fácil», dijo Daisy, «porque las fotos de las fichas policiales están tomadas desde el mismo ángulo, y entonces el tema ya no serían los nombres, sino las razas, las clases sociales y los encarcelamientos en masa», y Mychal comentó: «Eres un genio, Daisy», y ella le dijo: «¿Te sorprende?», y entretanto yo pensaba que si la mitad de las células que tienes dentro no son tú, ¿no pone eso en tela de juicio la idea de *yo* como pronombre singular, por no decir como autor de mi destino? Y me hundí en ese agujero espacio-temporal recurrente hasta que me sacó de la cafetería de la White River High School y me trasladó a un lugar no sensorial al que sólo pueden ingresar los que están locos de remate.

Desde niña me clavo la uña del pulgar en la yema del dedo corazón de la mano derecha, por eso ahora tengo un callo raro. Como llevo tantos años haciéndolo, enseguida me desgarro la piel, así que me pongo una curita para intentar evitar que la herida se infecte. Pero a veces me preocupa que ya esté infectada, y entonces tengo que drenarla, y la única manera de hacerlo es volver a abrirla y apretarla para que salga la sangre. En cuanto empiezo a pensar en retirar la piel, no puedo no hacerlo, literalmente. Perdón por la doble negación, pero la situación es doblemente negativa, un lío del que de verdad sólo es posible escapar negando la negación. En fin, que empezaba a querer sentir la uña clavándose en la piel de la yema del dedo, y sabía que resistirme era más o menos inútil, así que, por debajo de la mesa de la cafetería, me quité la curita del dedo y hundí la uña en el callo hasta que sentí que se desgarraba.

—Holmesy —dijo Daisy. Levanté la mirada hacia ella—. Ya casi acabamos de comer y no has dicho nada de mi pelo.

Sacudió la cabeza para mover el pelo, con mechas tan rojas que parecían rosas. Muy bien. Se tiñó el pelo.

Emergí de las profundidades.

—Muy atrevido —le dije.

—Ya lo sé, ¿ok? Mi pelo dice: «Damas, caballeros y personas que no se consideran ni damas ni caballeros, Daisy Ramirez no romperá sus promesas, pero les romperá el corazón».

Daisy decía que su lema era «Rompe corazones, no promesas». Siempre amenazaba con tatuárselo en el tobillo en cuanto cumpliera dieciocho años. Daisy volvió a girarse hacia Mychal, y yo volví a mis pensamientos. Mi estómago seguía rugiendo, incluso más que antes. Sentí que iba a vomitar. Para ser una persona a la que no le gustan nada los fluidos corporales, vomito mucho.

—Holmesy, ¿estás bien? —me preguntó Daisy.

Asentí. A veces me preguntaba por qué le caía bien, o al menos me soportaba. Por qué cualquiera de ellos me soportaba. Era una lata hasta para mí misma.

Sentía el sudor brotándome en la frente, y en cuanto empiezo a sudar, imposible parar. Me pasaré horas sudando, y no sólo me sudan la cara y las axilas. Me suda el cuello. Me sudan las tetas. Me sudan las pantorrillas. Quizá sí que tenía fiebre.

Me metí la curita usada en el bolsillo por debajo de la mesa y, sin mirar, saqué una nueva, le quité el envoltorio y eché un vistazo para ponérmela en el dedo. Entretanto, inhalaba por la nariz y exhalaba por la boca, como me aconsejaba la doctora Karen Singh, expulsando el aire a un ritmo «que hiciera que una vela titilara, pero no se apagara. Imagínate la vela, Aza, titilando con tu respiración, pero ahí, siempre ahí». Así que lo intentaba, pero la espiral de pensamientos seguía estrechándose. Oía a la doctora Singh diciéndome que no debía sacar el celular, que no debía buscar las mismas cosas una y otra vez, pero lo saqué igualmente y volví a leer el artículo «Microbiota normal» de Wikipedia.

El problema de una espiral es que si la recorres, en realidad nunca acaba. Se estrecha infinitamente.

Metí el último trozo de sándwich en la bolsa ziploc, me levanté y lo tiré en un bote de basura lleno hasta el tope. Oí una voz detrás de mí.

—¿Debe preocuparme que no hayas dicho más de dos palabras seguidas en todo el día?

—Espiral de pensamientos —murmuré.

Daisy me conocía desde que teníamos seis años, más que suficiente para que lo entendiera.

—Lo suponía. Perdona, amiga. Nos vemos esta tarde.

Una chica llamada Molly se acercó sonriendo y dijo:

—Uf, Daisy, para tu información, ese tinte de bebida de cereza en polvo está manchándote la camiseta.

Daisy se miró los hombros, y sí, su camiseta de rayas tenía manchas rosas. Por un segundo se sobresaltó, pero enseguida se puso muy recta.

—Sí, es parte del look, Molly. Las camisetas con manchas son el último grito en París ahorita —se giró hacia Molly y dijo—: Está bien, pues vamos a tu casa a ver *Star Wars: Rebels*.

Daisy era una fanática de Star Wars, y no sólo de las películas, sino también de los libros, las series animadas y las series infantiles hechas con Lego. Escribía relatos sobre la vida amorosa de Chewbacca y los publicaba en un blog de fans de Star Wars.

—Y te animarás tanto que serás capaz de decir tres o incluso cuatro palabras seguidas —siguió diciendo Daisy—. ¿Te parece bien?

—Me parece bien.

—Y luego me llevas al trabajo. Lo siento, pero necesito que me lleven en coche.

—Ok.

Quise decir algo más, pero seguían llegándome pensamientos, involuntarios y no deseados. Si yo hubiera sido la autora, habría dejado de pensar en mi microbioma. Le habría dicho a Daisy que me gustaba mucho su idea para el proyecto de Mychal, le habría dicho que sí recordaba a Davis Pickett, y que me recordaba a mí misma a los once años, siempre con miedo, un miedo confuso pero constante. Le habría dicho que recordaba que una vez, en el campamento, me había acostado al lado de Davis al borde de un muelle, con las piernas colgando y la espalda sobre los ásperos tablones de madera, y que habíamos contemplado juntos el cielo sin nubes del verano. Le habría dicho que Davis y yo no hablábamos mucho, ni siquiera nos mirábamos mucho, pero no importaba, porque contemplábamos juntos el mismo cielo, y quizás eso es mucho más íntimo que el contacto visual. Cualquiera puede mirarte. Pero muy pocas veces encuentras a alguien que ve el mismo mundo que estás viendo tú.

2

Prácticamente había sudado ya todo el miedo, pero de camino a la clase de historia no pude evitar sacar el celular y volver a leer el terrorífico artículo «Microbiota normal» de Wikipedia. Caminaba por el pasillo leyendo cuando oí a mi madre gritándome desde el otro lado de la puerta abierta de su clase. Estaba sentada en su mesa metálica, inclinada sobre un libro. Mi madre era profesora de matemáticas, pero su pasión era leer.

—¡Prohibidos los teléfonos en los pasillos, Aza!

Guardé el celular y entré en su clase. Faltaban cuatro minutos para que empezara la mía, así que era perfecto, la conversación con mi madre no podría durar mucho. Levantó la cabeza y debió de ver algo en mis ojos.

—¿Estás bien?

—Sí —le contesté.

—¿No estás nerviosa? —me preguntó.

En algún momento, la doctora Singh le había dicho a mi madre que no me preguntara si estaba nerviosa, así que dejó de formularlo como una pregunta directa o afirmativa.

—Estoy bien.

—Estás tomando el medicamento —me dijo.

Otra pregunta indirecta.

—Sí —le contesté.

Y a grandes rasgos era cierto. El primer año de prepa había sufrido una especie de crisis nerviosa, y desde entonces tenía que tomarme una pastilla redonda de color blanco cada día. Me la tomaba unas tres veces por semana.

—Pareces...

«Sudada», seguro que quería decir eso.

—¿Quién decide cuándo suena el timbre? —le pregunté—. Me refiero a los timbres de las escuelas.

—Pues, mira, no tengo ni idea. Supongo que lo decide alguien del personal de la dirección del distrito.

—Porque, a ver, ¿por qué tenemos treinta y siete minutos para comer, y no cincuenta? ¿O veintidós? ¿O los que sean?

—Tu cerebro parece un lugar muy intenso —me contestó mi madre.

—Sólo me parece raro que lo decida alguien a quien no conozco, y que luego yo tenga que adaptar mi vida a esa decisión. Como si viviera siguiendo el horario de otra persona. De personas a las que ni siquiera conozco.

—Sí, bueno, en estas cosas y en muchas otras las preparatorias de este país parecen cárceles.

Abrí mucho los ojos.

—Oh, mamá, tienes toda la razón. Los detectores de metales. Las paredes de concreto.

—Tanto las cárceles como las preparatorias están abarrotadas y no reciben suficiente financiamiento —dijo mi madre—. Y tanto en las cárceles como en las escuelas los timbres te dicen cuándo tienes que moverte.

—Y no puedes elegir cuándo quieres comer —dije yo—. Y en las cárceles hay vigilantes corruptos sedientos de poder, y en las escuelas hay profesores, que son lo mismo.

Me lanzó una mirada asesina, pero enseguida se echó a reír.

—¿Vas directamente a casa después de clase?

—Sí, y luego tengo que llevar a Daisy al trabajo.

Mi madre asintió.

—A veces extraño cuando eras pequeña, pero luego recuerdo el Chuck E. Cheese's.

—Daisy intenta ahorrar dinero para la universidad.

Mi madre echó un vistazo a su libro.

—¿Sabes? Si viviéramos en Europa, la universidad no nos costaría tanto.

Me preparé para soplarme el rollazo de mi madre sobre lo cara que es la universidad.

—En Brasil hay universidades gratuitas —siguió diciendo—. Y en casi toda Europa. Y en China. Pero aquí pretenden cobrarte veinticinco mil dólares al año por inscribirte, y eso si eres del mismo estado, porque si eres de otro estado, pagas más. Hace sólo unos años que terminé de pagar mis préstamos, y pronto tendremos que pedir otros para ti.

—Aún estoy en el tercer año de prepa. Me queda mucho tiempo para que me saque la lotería. Y si no me la saco, me pagaré la universidad vendiendo metanfetaminas.

Sonrió de mala gana. A mi madre le preocupaba mucho el tema de pagarme la universidad.

—¿Seguro que estás bien? —me preguntó.

Asentí mientras sonaba el timbre, que me mandó a mi clase de historia.

Cuando llegué a mi coche después de clase, Daisy ya estaba sentada en el asiento del copiloto. Se había quitado la camiseta manchada, se había puesto su playera roja del Chuck E. Cheese's y estaba sentada con la mochila en las rodillas, tomándose un tetrapack de leche. Daisy era la única persona a la que le había dado una llave de Harold. Ni siquiera mi madre tenía llave de Harold, pero Daisy sí.

—No bebas aquí dentro líquidos que manchen, por favor —le pedí.

—La leche no mancha —dijo.

—Mentira —le contesté.

Llevé a Harold hasta la puerta de la entrada y esperé a que Daisy tirara la leche.

Quizá has estado enamorado. Hablo de amor de verdad, de ese amor que mi abuela solía describir citando la primera carta a los corintios del apóstol san Pablo, el amor bondadoso y paciente, que no envidia ni se jacta, que lo soporta todo, confía en todo y lo supera todo. No me gusta abusar de la palabra «amor». Es un sentimiento demasiado bueno y escaso para devaluarlo por exceso de uso. Puedes vivir bien sin llegar a conocer el verdadero amor, el amor de la carta a los corintios, pero yo tuve la suerte de encontrarlo con Harold.

Harold era un Toyota Corolla de dieciséis años, pintado de un color llamado Mystic Teal Mica y con un motor que sonaba a un ritmo constante, como el latido de su inmaculado corazón metálico. Harold había sido el coche de mi padre. De hecho, el que le puso Harold fue mi padre. Como mi madre no lo vendió, se quedó en el garage ocho años, hasta que cumplí los dieciséis.

Para conseguir que el motor de Harold funcionara después de tanto tiempo tuve que gastarme los cuatrocientos dólares que había ahorrado a lo largo de toda mi vida —mesadas, el cambio que me quedaba cuando mi madre me mandaba a comprar al supermercado Circle K de mi calle, veranos trabajando en un Subway, regalos de Navidad de mis abuelos—, así que, de alguna manera, Harold era la culminación de todo mi ser, al menos desde el punto de vista económico. Y lo amaba. Soñaba muchas veces con él. Tenía una cajuela excepcionalmente espaciosa, un volante blanco enorme, hecho a la medida, y un asiento trasero forrado de piel beige. Aceleraba con la suave serenidad del maestro budista zen que sabe que en realidad no es necesario hacer nada con prisa, y los frenos chirriaban como música heavy metal, y lo amaba.

Pero Harold no tenía conexión Bluetooth, ni siquiera CD, lo que significaba que estando con Harold sólo se podían hacer tres cosas: 1) Conducir en silencio; 2) Escuchar la radio, o 3) Escuchar el casete de mi padre, la cara B del excelente álbum *So Addictive*, de Missy Elliott, que —como no había manera de sacarla de la casetera— había escuchado cientos de veces en mi vida.

Y al final, el imperfecto sistema de audio de Harold resultó ser la última nota de la melodía de coincidencias que cambió mi vida.

Daisy y yo estábamos pasando estaciones en busca de una canción de una boy band especialmente genial y poco valorada cuando tropezamos con una noticia. «... Pickett Engineering, con sede en Indianápolis, una empresa constructora que al día de hoy da trabajo a más de diez mil personas en todo el mundo...» Alargué la mano para cambiar de estación, pero Daisy me la apartó.

—¡Es lo que te decía! —exclamó.

La radio siguió diciendo: «... recompensa de cien mil dólares por información que permita localizar el paradero del presidente de la empresa, Russell Pickett. Pickett, quien desapareció la noche antes de que la policía, en el marco de una investigación por fraude y soborno, se presentara en su casa, fue visto por última vez el 8 de septiembre en su finca a orillas del río. Se ruega que todo aquel que disponga de información sobre su paradero llame al Departamento de Policía de Indianápolis».

—Cien mil dólares —dijo Daisy—. Y tú conoces a su hijo.

—Conocía —insistí.

Durante dos veranos, en secundaria, Davis y yo fuimos al Campamento Triste, que es como llamábamos al Campamento Spero, un sitio en el condado de Brown para niños a los que se les había muerto un progenitor.

Además de ir los dos al Campamento Triste, Davis y yo también nos veíamos de vez en cuando durante el curso, porque vivía cerca de mi casa, río abajo, aunque en la otra orilla. Mi madre y yo vivíamos en la orilla que a veces se inundaba. Los Pickett vivían en la orilla con muros de piedra que hacían que cuando el río crecía, el agua se desbordara por la nuestra.

—Seguramente ni siquiera se acordará de mí.

—Todo el mundo se acuerda de ti, Holmesy —me dijo.

—No es...

—No es un juicio de valor. No estoy diciendo que seas buena, generosa, amable o lo que sea. Sólo estoy diciendo que se te recuerda.

—Hace años que no lo veo —le dije.

Pero está claro que uno no olvida haber ido a jugar a una mansión con un campo de golf y una alberca con una isla en medio y cinco toboganes de agua. Davis era lo más parecido a una celebridad que yo había conocido en mi vida.

—Cien mil dólares —repitió Daisy mientras nos metíamos en la I-465, la carretera que rodea Indianápolis—. Me dedico a arreglar máquinas de Skee-Ball por ocho dólares cuarenta la hora, y hay cien mil esperándonos.

—Yo no diría que están esperándonos. De todas formas, esta noche tengo que estudiar los efectos de la viruela en las poblaciones indígenas, así que no puedo resolver el caso del multimillonario fugitivo.

Puse a Harold a velocidad de autopista. Nunca lo obligaba a superar el límite de velocidad. Lo quería mucho.

—Bueno, lo conoces mejor que yo, así que, citando a los infalibles chicos del mejor grupo de pop del mundo, «Eres mi chica».

Yo ya era demasiado mayor para que me gustara una canción tan cursi, pero de todas formas me encantaba.

—Ojalá no estuviera de acuerdo contigo, pero la canción es buenísima.

—Eres mi chica. «Te elijo a ti. Nunca te perderé. Siempre te querré. Eres mis estrellas. Mi cielo. Mi aire. Eres mi chica.»

Nos reímos. Cambié de estación y pensé que el tema estaba zanjado, pero de repente Daisy sacó el celular y empezó a leerme una noticia del *Indianapolis Star*:

—«Russell Pickett, el controvertido presidente y fundador de Pickett Engineering, no estaba en su casa el viernes por la mañana, cuando la policía de Indianápolis emitió la orden de búsqueda, y desde entonces no ha vuelto. Simon Morris, el abogado de Pickett, dice que no tiene información sobre el paradero de Pickett, y el detective Dwight Allen dijo hoy en rueda de prensa que desde la noche anterior a la redada no se ha observado actividad en las tarjetas de crédito ni en las cuentas bancarias de Pickett.» Blablablá... «Allen también aseguró que, aparte de la cámara de la puerta principal, en la finca no había cámaras de vigilancia. En la copia del informe policial que consiguió el *Star* se dice que los últimos que vieron a Pickett fueron sus hijos, Davis y Noah, el jueves por la noche.» Blablablá... «finca al norte de la calle 38, gran cantidad de demandas, financia el zoológico», blablablá... «llame a la policía si sabe algo», blablablá. Un momento, ¿cómo que no hay cámaras de seguridad? ¿Qué multimillonario no tiene cámaras de seguridad?

—Un multimillonario que no quiere que se graben sus turbios negocios —le contesté.

No dejé de dar vueltas a la noticia mientras conducía. Sabía que algo no cuadraba, pero no descubría qué, hasta que de repente me vino la imagen de unos espeluznantes coyotes verdes con ojos blancos.

—Espera, había una cámara. No de seguridad, pero Davis y su hermano tenían una cámara de captura de movimiento en el bosque, junto al río. Era de visión nocturna, y sacaba una foto cada vez que algo pasaba por delante, ciervos, coyotes o lo que fuera.

—Holmesy —me dijo Daisy—, tenemos una pista.

—Y como hay una cámara en la puerta principal, no podía irse en coche —le dije—. Así que o salta el muro de la finca, o cruza el bosque hasta el río y huye desde allí, ¿no?

—Sí...

—Entonces podría haber pasado delante de esa cámara. Bueno, hace años que no voy por allí, quizá ya no está.

—¡O quizá sí! —exclamó Daisy.

—Sí, quizá sí.

—Sal por aquí —me dijo de repente.

Y salí de la autopista. Sabía que no era nuestra salida, pero salí igualmente, y sin que Daisy me dijera nada me coloqué en el carril para volver a la ciudad, a mi casa. A la casa de Davis.

Daisy sacó el celular y se lo acercó al oído.

—Hola, Eric. Soy Daisy. Oye, lo siento mucho, pero tengo gastroenteritis. Podría ser un virus.

—...

—Sí, no hay problema. Lo siento, de verdad —colgó, se metió el celular en el bolso y dijo—: Si insinúas que tienes diarrea, te dicen que te quedes en casa porque temen que sea contagioso. De acuerdo, muy bien, adelante. ¿Aún tienes aquella canoa?

3

Años atrás, mi madre y yo bajábamos de vez en cuando en canoa por el río Blanco y pasábamos por la casa de Davis de camino al parque que hay detrás del museo de arte. Dejábamos la canoa en la orilla, dábamos un paseo y volvíamos a casa remando contra la suave corriente. Pero hacía años que no bajaba al río. El río Blanco es bonito en abstracto —garzas azules, gansos, ciervos y demás—, pero el agua en sí huele como los residuos humanos. En realidad, no huele *como* los residuos humanos, huele *a* residuos humanos, porque, cada vez que llueve, las alcantarillas se desbordan y todos los residuos del centro de Indiana van a parar directamente al río.

Paramos delante de mi casa. Salí del coche, me dirigí a la puerta del garage, me agaché, metí los dedos por debajo de la puerta y la subí. Volví al coche y lo metí en el garage mientras Daisy no dejaba de decirme que íbamos a ser ricas.

El esfuerzo para subir la puerta del garage me había hecho sudar un poco, así que al entrar en casa fui directo a mi habitación, encendí el aire acondicionado de la ventana, me senté en la cama con las piernas cruzadas y dejé que el aire fresco me diera en la espalda. Mi habitación estaba hecha un desastre, con ropa sucia por todas partes y papeles —ejercicios, exámenes antiguos, folletos de universidades que había traído mi madre— desparramados por mi mesa y por el suelo. Daisy se quedó en la puerta.

—¿Tienes por ahí algo que me quede? —me preguntó—. Me da la sensación de que no está bien ir a ver a un multimillonario vestida con un uniforme del Chuck E. Cheese's, ni con una camiseta manchada de tinte rosa, y es lo único que tengo ahorita.

Como Daisy era más o menos de la talla de mi madre, decidimos asaltar su armario, y mientras intentábamos encontrar la blusa y los jeans que parecieran lo menos de madre posible, Daisy hablaba. Hablaba mucho.

—Tengo una teoría sobre los uniformes. Creo que los diseñan para que dejes de ser una persona, o sea, no eres Daisy Ramirez, un ser humano, sino algo que lleva pizzas a la gente y les entrega dinosaurios de plástico a cambio de sus tickets. Como si diseñaran el uniforme para esconderme.

—Sí —le contesté.

—Mierda de sistema opresor —murmuró Daisy, y sacó del armario una blusa morada horrorosa—. Tu madre se viste como una profesora de mate de prepa.

—Bueno, es profesora de mate de prepa.

—No es excusa.

—¿Y un vestido?

Le mostré un vestido negro estampado en cachemira rosa y largo hasta las pantorrillas. Espantoso.

—Creo que me quedo con el uniforme —me dijo.

—Mejor.

Oí el coche de mi madre, y aunque no le importaría que le agarráramos ropa, me puse un poco nerviosa. Daisy se dio cuenta y me tomó de la muñeca. Nos escabullimos al patio trasero antes de que mi madre hubiera entrado, y luego nos abrimos camino entre las zarzas de madreselva del fondo del patio.

Resultó que aún teníamos la canoa, volcada y llena de arañas muertas. Daisy le dio la vuelta y jaló los remos y dos chalecos salvavidas que alguna vez habían sido naranjas para sacarlos de debajo de la hiedra que los cubría. Limpió la canoa con la mano, echó dentro los remos y los chalecos salvavidas y la arrastró hacia la orilla. Daisy era baja y no parecía en forma, pero era súper fuerte.

—El río Blanco está muy sucio —le dije.

—Holmesy, no seas absurda. Échame una mano.

Agarré la parte de atrás de la canoa.

—El cincuenta por ciento son meados. Y esa mitad es la mejor.

—Por eso me caes bien —repitió.

Y jaló la canoa por la orilla hasta el agua. Saltó a una pequeña península de lodo, se ató alrededor del cuello un chaleco salvavidas demasiado pequeño y subió a la parte delantera de la canoa.

La seguí, me acomodé en el asiento de atrás y con el remo empujé la canoa hacia el centro del río. Hacía mucho que no conducía una canoa, pero había poca agua, y el río era tan ancho que no tenía que hacer demasiado. Daisy se giró para mirarme y me sonrió con la boca cerrada. Estar en el río hacía que volviera a sentirme una niña.

De niñas, Daisy y yo jugábamos a orillas del río cuando el agua estaba tan baja. Jugábamos un juego que llamábamos «niñas del río». Imaginábamos que vivíamos solas junto al río y teníamos que buscar comida para sobrevivir y escondernos de las personas mayores, que querían meternos en un orfanato. Recordé a Daisy lanzándome arañas de patas largas porque sabía que las odiaba, y yo gritaba y salía corriendo sacudiendo los brazos, aunque en realidad no estaba asustada, porque en aquella época todas las emociones parecían un juego, como si estuviera experimentando con los sentimientos, no quedándome atrapada en ellos. El verdadero terror no es asustarse; es no tener elección.

—¿Sabes que Indianápolis existe sólo gracias a este río? —me preguntó Daisy. Se giró para mirarme—. Acababa de crearse el estado de Indiana, querían construir una ciudad para que fuera la capital del estado y todo el mundo discute sobre dónde colocarla. La solución aceptable para todos es colocarla en el medio. Y la gente mira el mapa de su nuevo estado y se da cuenta de que justo en el centro hay un río, y bum, el sitio perfecto para nuestra capital, porque estamos en 1819 o por ahí, y se necesita agua para que sea una ciudad de verdad, para transportar las cosas en barco y eso.

»Y entonces anuncian: ¡Vamos a construir una ciudad! ¡A orillas de un río! ¡Y seremos listos y la llamaremos Indiana*polis*! Y cuando ya lo han comunicado oficialmente, descubren que el río Blanco tiene un palmo de profundidad, que no se puede navegar ni con kayak, así que imagínate con barcos de vapor. Durante un tiempo, Indianápolis fue la ciudad más grande del mundo sin río navegable.

—¿De dónde lo sacaste? —le pregunté.

—Mi padre es un friki de la historia —justo en ese momento empezó a sonar su celular—. Mierda. Si antes lo nombro... —se llevó el celular al oído—. Hola, papá... Mmm, sí, claro... No, no le importará... Genial, sí, a las seis en casa —volvió a meterse el celular en el bolsillo y se giró hacia mí entrecerrando los ojos por el sol—. Me preguntó si podía cambiar mi turno para quedarme con Elena, porque mi madre tiene que hacer horas extras, y no tuve que mentir por no estar ya en el trabajo, y ahora mi padre cree que me preocupo por mi hermana. Holmesy, todo va sobre ruedas. Nuestro destino está cada vez más claro. Estamos a punto de vivir el sueño americano, que consiste, por supuesto, en beneficiarse de la desgracia ajena.

Me reí, y mi risa sonó muy rara al hacer eco por el río desierto. Una tortuga de caparazón blando que estaba en un árbol medio sumergido junto a la orilla nos vio y se tiró al agua. El río estaba lleno de tortugas.

Tras la primera curva del río, pasamos un islote formado por millones de piedrecitas blancas. Una garza azul estaba posada en una vieja llanta descolorida, y al vernos extendió las alas y se fue volando. Parecía más un pterodáctilo que un pájaro. El islote nos obligó a meternos en un estrecho canal de la parte este del río, y avanzamos por debajo de arces sicómoros que se asomaban por encima del agua en busca de la luz del sol.

Casi todos los árboles estaban cubiertos de hojas, algunas con manchas rosas que anunciaban el otoño. Pero pasamos por debajo de un árbol muerto, sin hojas aunque aún en pie, y levanté la cabeza para mirar sus ramas, que se cruzaban y dividían el cielo azul y sin nubes en polígonos irregulares de todo tipo.

Aún conservo el teléfono de mi padre. Lo escondo junto con un cargador en el maletero de Harold, al lado de la llanta de refacción. Muchas de las fotos de su teléfono eran ramas sin hojas dividiendo el cielo, como lo que yo veía mientras pasábamos por debajo de aquel sicómoro. Siempre me preguntaba qué veía mi padre en el cielo fragmentado.

El caso es que el día era muy bonito, y la luz dorada caía sobre nosotras a la temperatura ideal. Como no soy un gato callejero, casi nunca tengo que tener en cuenta el tiempo que hace, pero en Indianápolis tenemos de ocho a diez días bonitos al año, y aquél era uno de ellos. Cuando el río se curvó hacia el oeste, apenas tuve que remar. El sol hacía que el agua pareciera arrugada. Un par de patos joyuyos nos vieron y levantaron el vuelo batiendo las alas desesperadamente.

Llegamos por fin al trozo de tierra que de niños llamábamos la Isla de los Piratas. Era una isla de verdad, no como la playa de piedrecitas que habíamos dejado atrás. En la Isla de los Piratas había una jungla de madreselvas y grandes árboles con el tronco retorcido debido a las inundaciones de cada primavera. Como el río recibía mucha agua de campos agrícolas, también había plantas de cultivo. Por todas partes brotaban pequeñas tomateras y plantas de soya, bien abonadas por las aguas residuales.

Dirigí la canoa hacia la playa llena de algas y bajamos para seguir a pie. El río nos había dejado a Daisy y a mí en silencio, casi como si no fuéramos conscientes de la presencia de la otra, y caminamos cada una en una dirección distinta.

Aquí había pasado parte de mi undécimo cumpleaños. Mi madre había hecho un mapa del tesoro, y después de comernos el pastel en casa, Daisy, mi madre y yo nos subimos a la canoa y remamos hasta la Isla de los Piratas. Cavamos con palas al pie de un árbol y encontramos un pequeño cofre lleno de monedas de chocolate envuelto en papel dorado. Davis y su hermano pequeño, Noah, se reunieron con nosotras allí. Recordaba que cavé hasta que mi pala golpeó el cofre de plástico con el tesoro, y me permití sentirme como si fuera un tesoro de verdad, aunque sabía que no lo era. Me sentía muy bien de niña, y muy mal siendo lo que fuera ahora.

Recorrí toda la orilla de la isla hasta que encontré a Daisy sentada en un árbol sin corteza y arrancado de raíz que había encallado al retroceder una riada. Me senté a su lado y observé el agua estancada, con cangrejos de río correteando de un lado a otro. Daba la impresión de que el agua había retrocedido. El verano había sido más seco de lo habitual, y más cálido.

—¿Recuerdas la fiesta de cumpleaños que hiciste aquí? —me preguntó.

—Sí —le contesté.

En aquella fiesta, Davis perdió la figura de Iron Man que siempre llevaba con él. Hacía tanto tiempo que la tenía que se le habían borrado las calcomanías, sólo era un torso rojo con extremidades amarillas. Se volvió loco cuando la perdió, lo recordaba, pero mi madre la encontró enseguida.

—¿Estás bien, Holmesy?

—Sí.

—¿Puedes decir algo más que sí?

—Sí —dije, y sonreí un poco.

Nos quedamos un rato sentadas, y luego, sin decir una palabra, nos levantamos y caminamos con el agua hasta la rodilla hasta llegar al extremo del río. ¿Por qué no me importaba chapotear en el agua sucia del río Blanco cuando unas horas antes me resultaba insoportable oír los ruidos de mi estómago? Ojalá lo hubiera sabido.

Las piedras que formaban el muro de contención estaban cubiertas por una red metálica. Subí y extendí el brazo para ayudar a Daisy. Trepamos por la pendiente y llegamos a un pequeño bosque de sicómoros y arces. Veía a lo lejos el césped cuidado del campo de golf de los Pickett, y más allá su mansión de cristal y acero, diseñada por un arquitecto famoso.

Caminamos un rato sin rumbo, mientras intentaba orientarme, y de repente oí a Daisy susurrándome: «Holmesy». Me abrí camino entre los árboles hacia ella. Había encontrado la cámara de visión nocturna en un árbol, a poco más de un metro del suelo. Era un círculo negro, de unos dos centímetros de diámetro, algo que nunca verías en un bosque si no estuvieras buscándolo.

Abrí el celular y lo conecté a la cámara de visión nocturna, que no estaba protegida con un pin. En unos segundos el celular empezó a descargar las fotos. Borré las dos primeras, que la cámara nos había tomado a nosotras, y pasé diez o doce más de la última semana: ciervos, coyotes, mapaches y zarigüeyas, en unas fotos con luz natural y en otras meras siluetas verdes con ojos blancos brillantes.

—No quiero asustarte, pero creo que se acerca un carrito de golf —me dijo Daisy en voz baja.

Levanté la mirada. El carrito estaba aún bastante lejos. Pasé más fotos hasta que llegué al 9 de septiembre, y entonces sí, en tonos verdes vi a un hombre corpulento de espaldas, con una camisa de pijama a rayas. Hora 1:01:03. Tomé una captura de pantalla.

—El tipo nos vio, seguro —me dijo Daisy muy nerviosa.

Volví a levantar la mirada.

—Estoy dándome prisa —murmuré.

Intenté pasar a la foto anterior, pero tardaba un siglo en cargarse. Oí que Daisy echaba a correr, pero yo me quedé esperando la foto. Me resultaba raro ser yo la que estaba tranquila y sentir que Daisy estaba nerviosa. Pero las cosas que ponen nerviosos a los demás nunca me han asustado. No me dan miedo los hombres en carritos de golf, ni las películas de terror, ni las montañas rusas. No sabía exactamente qué me daba miedo, pero eso no. La foto apareció en cámara lenta, una línea de píxeles tras otra. Un coyote. Levanté la cabeza, vi al hombre del carrito mirándome y eché a correr.

Zigzagueé hacia el río, bajé el muro sujetándome con las manos y encontré a Daisy al lado de mi canoa, vuelta del revés, con una piedra grande en la mano y el brazo en alto.

—¿Qué carajo estás haciendo? —le pregunté.

—No sé quién será ese tipo, pero seguro que te vio, así que estoy inventando una excusa.

—¿Qué?

—Nuestra única opción es que hagas el papel de damisela en peligro, Holmesy —me dijo.

Entonces golpeó con todas sus fuerzas el casco de la canoa con la piedra. La pintura verde se astilló y dejó al descubierto la fibra de vidrio. Daisy dio la vuelta a la canoa, en la que inmediatamente empezó a entrar agua.

—Bueno, ahorita me escondo y tú vas a hablar con el tipo ese del carrito.

—¿Qué? No. Ni lo sueñes.

—Una damisela en peligro tiene que estar sola —me dijo.

—Ni lo sueñes.

Y entonces alguien gritó desde lo alto del muro.

—¿Todo bien ahí abajo?

Levanté la cabeza y vi a un hombre mayor muy delgado, con la cara arrugada, vestido con un traje negro y una camisa blanca.

—Nuestra canoa —dijo Daisy—. Se agujereó. Somos amigas de Davis Pickett. ¿No vive aquí?

—Me llamo Lyle —dijo el hombre—. Seguridad. Puedo llevarlas a casa.

4

Lyle nos hizo subir al carrito y nos llevó por un carril asfaltado que rodeaba el campo de golf. Dejamos atrás una casa de troncos con un letrero de madera que la identificaba como LA CABAÑA.

Hacía mucho que no iba a la finca de los Pickett, y ahora era aún más majestuosa. Acababan de rastrillar los bancos de arena del campo de golf. El carril para los carritos no tenía grietas ni baches. A ambos lados se alineaban arces plantados hacía poco. Aunque prácticamente lo único que veía era el césped infinito, sin malas hierbas y recién podado creando un dibujo de diamantes. La finca de los Pickett era silenciosa, estéril e infinita, como un barrio residencial recién construido antes de que viva nadie. Me encantaba.

Daisy empezó una conversación nada sutil.

—Así que usted es el jefe de seguridad...

—Soy la seguridad —dijo el hombre.

—¿Cuánto tiempo lleva trabajando para el señor Pickett?

—El suficiente para saber que no son amigas de Davis —le contestó.

Daisy, que carecía de la capacidad de avergonzarse, no se desanimó.

—Su amiga es ella, Holmesy. ¿Estaba usted trabajando el día que desapareció Pickett?

—Al señor Pickett no le gusta que haya personal en la finca después del anochecer ni antes del amanecer —le contestó.

—¿Cuánto personal hay exactamente?

Lyle detuvo el carrito.

—Más les vale conocer a Davis, porque si no las llevaré al centro y las denunciaré por allanamiento de morada.

Pasamos una curva y vi la alberca, una extensión azul brillante con la isla que recordaba de cuando era niña, aunque ahora estaba cubierta por una cúpula geodésica de cristal. Los toboganes —cilindros que se curvaban y se superponían entre sí— también seguían ahí, aunque estaban secos.

En el jardín junto a la alberca había una docena de camastros de madera, cada uno con una toalla blanca extendida encima de la colchoneta. Rodeamos parte de la alberca hasta otro jardín en el que vi a Davis Pickett tumbado en un camastro. Llevaba la playera de su escuela y pantalones cortos color caqui, y leía protegiéndose la cara del sol con el libro.

Cuando oyó el carrito, se incorporó y miró hacia nosotros. Tenía las piernas delgadas y muy morenas, y las rodillas huesudas. Llevaba lentes con armazón de plástico y una gorra de los Pacers de Indiana.

—¿Aza Holmes? —preguntó.

Se levantó. Como el sol estaba detrás de él, apenas le veía la cara. Bajé del carrito y me dirigí a él.

—Hola —le dije.

No sabía si debía abrazarlo, y él parecía no saber si debía abrazarme, de modo que nos quedamos ahí parados, sin tocarnos, que para ser sincera es mi forma preferida de saludar.

—¿A qué debo el placer? —me preguntó en tono plano, neutro, indescifrable.

Daisy se acercó, extendió la mano y estrechó con fuerza la de Davis.

—Daisy Ramirez, la mejor amiga de Holmesy. Se nos agujereó la canoa.

—Chocamos contra una roca en la Isla de los Piratas —dije yo.

—¿Las conoces? —le preguntó Lyle.

—Sí, está bien, gracias, Lyle. ¿Puedo ofrecerles algo? ¿Agua? ¿Un Dr Pepper?

—¿Dr Pepper? —le pregunté un poco confundida.

—¿No era tu refresco favorito?

Parpadeé un segundo y luego dije:

—Mmm, sí. Tomaré un Dr Pepper.

—Lyle, ¿puedes traernos tres Dr Peppers?

—Claro, jefe —le contestó Lyle, y se marchó en el carrito.

Daisy me miró como diciéndome «Te dije que se acordaría de ti» y se alejó. Davis pareció no darse cuenta. Me observaba con cierta timidez, sus enormes ojos cafés me miraban un momento a la cara desde el otro lado de los lentes y enseguida apartaba la mirada. Sus ojos, su nariz, su boca... todos sus rasgos faciales eran algo grandes, como si hubieran crecido, pero su cara siguiera siendo la de un niño.

—No sé qué decir —me dijo—. No... se me da bien hablar del tiempo.

—Prueba decir lo que estás pensando —le dije—. Yo jamás lo hago.

Sonrió un poco y se encogió de hombros.

—De acuerdo. Estoy pensando: «Ojalá no haya venido en busca de la recompensa».

—¿Qué recompensa? —le pregunté de forma poco convincente.

Davis se sentó en un camastro de madera y yo me senté frente a él. Se inclinó y apoyó los huesudos codos en las huesudas rodillas.

—Pensé en ti hace un par de semanas —me dijo—. En cuanto desapareció, empecé a oír su nombre en las noticias, y decían su nombre completo, Russell Davis Pickett, y yo pensaba... bueno, así me llamo yo. Y era muy raro oír a los presentadores diciendo: «Russell Davis Pickett ha desaparecido». Porque yo estaba aquí.

—¿Y eso te hizo pensar en mí?

—Sí, no sé. Recuerdo que me dijiste... Una vez te pregunté por tu nombre y me contaste que tu madre te había puesto Aza porque quería que tuvieras un nombre para ti, un sonido que pudieras hacer tuyo.

—En realidad fue mi padre.

Recordaba a mi padre hablándome de mi nombre, diciéndome: «Abarca todo el abecedario, porque queríamos que supieras que puedes ser lo que quieras».

—Pero tu padre... —seguí diciendo.

—Exacto, me puso su nombre. Me obligó a ser Davis Pickett hijo.

—Bueno, tú no eres tu nombre —le dije.

—Claro que lo soy. Yo no puedo no ser Davis Pickett. No puedo no ser hijo de mi padre.

—Supongo que no —le dije.

—Y no puedo no ser huérfano de madre.

—Lo siento.

Sus ojos cansados se encontraron con los míos.

—En los últimos días, muchos viejos amigos se han puesto en contacto conmigo, y no soy idiota. Sé por qué. Pero no sé dónde está mi padre.

—La verdad es... —empecé a decir.

Me detuve porque una sombra cayó sobre nosotros. Me giré. Daisy estaba a mi lado.

—La verdad es que estábamos escuchando la radio —dijo Daisy—, oímos la noticia sobre tu padre, y Holmesy me contó que cuando era pequeña estaba enamorada de ti.

—Daisy —balbuceé.

—Y yo le dije vamos a verlo, apuesto a que es amor de verdad. Entonces organizamos un naufragio, y luego tú recordaste que le gusta el Dr Pepper, y sí, ES AMOR DE VERDAD. Es como *La tempestad*, y ok, ahora me marcho para que puedan ser felices.

Y su sombra desapareció, dejando en su lugar la luz dorada del sol.

—¿Es eso... cierto? —me preguntó Davis.

—Bueno, no creo que sea exactamente como *La tempestad* —le contesté. Pero no podía decirle la verdad. Al fin y al cabo, no era mentira. Había parte de verdad—. En fin, sólo éramos niños.

Davis tardó un minuto en contestar.

—Casi no pareces la misma.

—¿Qué?

—Eras flacucha y no te estabas quieta, y ahora eres...

—¿Qué?

—Diferente. Has crecido.

Se me encogía el estómago, pero no sabía por qué. Nunca entendía mi cuerpo. ¿Estaba asustada o entusiasmada?

Davis miraba hacia los árboles de la orilla del río.

—Siento mucho lo de tu padre, de verdad —le dije.

Se encogió de hombros.

—Mi padre es un mierda. Se largó de la ciudad antes de que lo detuvieran porque es un cobarde.

No supe qué contestar. La gente hablaba de sus padres de una manera que era como para alegrarse de no tener padre.

—De verdad no sé dónde está, Aza —siguió diciéndome—. Y si alguien lo sabe, no dirá nada, porque mi padre puede pagarle mucho más de lo que se llevaría con la recompensa. ¿Cien mil dólares? Cien mil dólares no es tanto dinero.

Lo miré fijamente.

—Perdona —me dijo—. Seguramente te pareció una estupidez.

—¿Seguramente?

—Ok, sí —me dijo—. Quiero decir que... se saldrá con la suya. Siempre se sale con la suya.

Había empezado a contestarle cuando oí llegar a Daisy. Estaba con un chico alto, ancho de hombros, con pantalones cortos color caqui y una playera a juego.

—Vamos a ver una tuátara —dijo Daisy entusiasmada.

Davis se levantó.

—Aza, él es Malik Moore, nuestro zoólogo.

Dijo «nuestro zoólogo» como si fuera normal decir algo así en una conversación cotidiana, como si casi todos los que habían alcanzado determinado nivel de vida tuvieran un zoólogo.

Me levanté y estreché la mano a Malik.

—Cuido a la tuátara —me explicó.

Todos parecían dar por supuesto que yo sabía qué demonios era una tuátara. Malik se dirigió al borde de la alberca, se arrodilló, levantó una trampilla oculta entre las losetas del jardín y pulsó un botón. Una plataforma cromada y con forma de red surgió del borde de la alberca y trazó un arco por encima del agua hasta llegar a la isla. Daisy me tomó del brazo y susurró: «¿Esto es real?», y entonces el zoólogo hizo un gesto teatral con la mano para indicarnos que cruzáramos el puente.

Cruzamos el puente de metal en dirección a la cúpula geodésica. Malik nos siguió. Pasó una tarjeta por la puerta de cristal. Oí un chasquido y la puerta se abrió. Entré y de repente me encontré en un clima tropical, como mínimo diez grados más cálido y considerablemente más húmedo que fuera de la cúpula.

Daisy y yo nos quedamos junto a la entrada. Malik recorrió la isla y al final apareció con un gran lagarto, de unos sesenta centímetros de largo y ocho de alto. El animal enrolló la cola, que parecía la de un dragón, alrededor del brazo de Malik.

—Pueden acariciarla —dijo Malik.

Daisy la acarició, pero yo vi arañazos en la mano de Malik que indicaban que al animal no siempre le gustaba que lo acariciaran, así que cuando lo giró hacia mí le dije:

—La verdad es que no me gustan mucho los lagartos.

Entonces me explicó con una minuciosidad casi humillante que Tua (tenía nombre) no era un lagarto, sino una criatura genéticamente única que se remontaba a la era mesozoica, doscientos millones de años atrás, y que era básicamente un dinosaurio, y que el plural de tuátara es tuátaras, y que los tuátaras vivían al menos ciento cincuenta años, y que era la única especie de rincocéfalos que había sobrevivido, y que en su Nueva Zelanda nativa estaban en peligro de extinción, y que su tesis doctoral trataba de la velocidad de evolución molecular de los tuátaras, y dale que dale hasta que volvió a abrirse la puerta.

—Los Dr Peppers, jefe —dijo Lyle.

Los agarré y di uno a Davis y otro a Daisy.

—¿Estás segura de que no quieres acariciarla? —me preguntó Malik.

—Los dinosaurios también me dan miedo —le expliqué.

—A Holmesy le da miedo casi todo —dijo Daisy acariciando a Tua—. En fin, tenemos que irnos ya. Me comprometí a hacer de niñera.

—Las llevo a casa —dijo Davis.

Davis dijo que tenía que pasar un momento por su casa, y yo iba a esperarlo afuera, pero Daisy me dio un empujón tan fuerte que de repente me vi caminando a su lado.

Davis abrió la puerta de entrada, una gruesa hoja de cristal de al menos tres metros de altura, y entramos en una sala enorme con suelo de mármol. A mi izquierda vi a Noah Pickett, recostado en un sofá y jugando un videojuego de combate espacial en una pantalla gigante.

—Noah —dijo Davis—, ¿te acuerdas de Aza Holmes?

—¿Qué hay? —dijo sin dejar de jugar.

Davis subió corriendo por una escalera flotante de mármol y me dejó sola con Noah, o eso creí hasta que una mujer a la que no había visto gritó:

—Es un Picasso auténtico.

Iba toda vestida de blanco y estaba cortando frutas del bosque en la cocina, también de un blanco resplandeciente.

—Ah, guau —dije siguiendo sus ojos hasta el cuadro en cuestión.

Un hombre en trazos ondulantes montado en un caballo en trazos ondulantes.

—Es como trabajar en un museo —me dijo la mujer.

La miré y pensé en lo que me había comentado Daisy sobre los uniformes.

—Sí, es una casa muy bonita.

—También tienen un Rauschenberg —me dijo—, arriba.

Asentí, aunque no sabía quién era. Seguro que Mychal sí lo sabía.

—Puedes subir a verlo.

Señaló la escalera, así que subí, aunque no me detuve a observar la instalación de basura reciclada colocada junto al último escalón. Lo que hice fue entrar por la primera puerta abierta que me encontré y echar un vistazo. Parecía la habitación de Davis, y estaba muy limpia, impecable, en la moqueta aún se veían las marcas de la aspiradora. Cama grande con un montón de cojines y un edredón azul marino. En una esquina de la habitación, junto al ventanal, un telescopio apuntando al cielo. En la mesa, fotos de su familia, todas de hacía muchos años, de cuando era pequeño. Pósteres enmarcados de conciertos en una pared: los Beatles, Thelonious Monk, Otis Redding, Leonard Cohen y Billie Holiday. Una estantería llena de libros de tapa dura, con todo un estante de cómics con fundas de plástico. Y en la mesita de noche, junto a una pila de libros, el Iron Man.

Lo cogí y le di la vuelta. Tenía una pierna rota por detrás y se veía que por dentro era hueco, aunque los brazos y las piernas aún giraban.

—Cuidado —dijo Davis desde detrás de mí—. Tienes en las manos el único objeto físico que de verdad me encanta.

Dejé el Iron Man en la mesita y me giré.

—Perdona —le dije.

—Iron Man y yo la hemos pasado increíble juntos muchas veces —me dijo.

—Tengo que contarte un secreto. Siempre he pensado que Iron Man era lo peor.

Davis sonrió.

—Bueno, fue divertido mientras duró, Aza, pero aquí acaba nuestra amistad.

Me reí y lo seguí escalera abajo.

—Rosa, ¿puedes quedarte hasta que vuelva? —preguntó a la mujer.

—Sí, claro —le contestó—. Les dejé sopa de pollo y ensalada en el refrigerador para cenar.

—Gracias —dijo Davis—. Noah, amigo, vuelvo en veinte minutos, ¿va?

—Va —le contestó Noah, aún en el espacio.

Mientras nos dirigíamos al Cadillac Escalade de Davis, en el que Daisy estaba apoyada, le pregunté:

—¿Era tu ama de llaves?

—Es la que lleva la casa. Desde que nací. Es lo que tenemos ahora en lugar de a un padre, digamos.

—Pero ¿no vive con ustedes?

—No, se va cada día a las seis, así que no se parece tanto a un padre.

Davis desbloqueó las puertas del coche. Daisy se sentó en el asiento de atrás y me dijo que yo me sentara adelante. Al rodear el coche vi a Lyle de pie junto al carrito. Estaba hablando con un hombre que rastrillaba las primeras hojas caídas del otoño, pero nos miraba fijamente a Davis y a mí.

—Voy a llevarlas a casa —le dijo Davis.

—Vaya con cuidado, jefe —le contestó Lyle.

Entramos en el coche y cerramos las puertas.

—Todo el mundo me mira. Es agotador.

—Lo siento —le dije.

Davis abrió la boca como para decir algo, pareció cambiar de opinión y un momento después se decidió.

—¿Saben cuando en la escuela o en cualquier sitio te da la sensación de que todo el mundo te mira y habla de ti a tus espaldas? Pues es esa misma sensación, sólo que ahora la gente me mira y murmura de verdad.

—Quizá creen que sabes dónde está tu padre —dijo Daisy.

—Pues no lo sé. Ni quiero saberlo.

Lo dijo con absoluta firmeza.

—¿Por qué no? —le preguntó Daisy.

Yo observaba a Davis. De repente vi un destello en su cara que no acababa de apagarse.

—A estas alturas, lo mejor que podría hacer mi padre por Noah y por mí es no volver. Al fin y al cabo, tampoco es que se haya ocupado nunca de nosotros.

Aunque sólo nos separaba el río, tardamos diez minutos en llegar a mi casa en coche, porque en mi vecindario sólo hay un puente. La única que decía algo de vez en cuando era yo, para indicar el camino a Davis. Cuando por fin llegamos a mi casa, le pedí su celular y tecleé mi número. Daisy salió del coche sin despedirse, y yo iba a hacer lo mismo, pero al devolverle el teléfono, Davis me sujetó la mano derecha y colocó la palma hacia arriba.

—Lo recuerdo —dijo mirando la curita que me cubría la yema del dedo.

Aparté la mano y cerré el puño.

—¿Duele? —me preguntó.

Por alguna razón, quise decirle la verdad.

—Lo importante no es si duele.

—Es un buen lema —me dijo.

Sonreí.

—Sí. No sé. Bueno, tengo que irme.

Justo antes de que cerrara la puerta me dijo:

—Me alegro de haberte visto, Aza.

—Sí, yo también —le contesté.

5

De camino a casa de Daisy, en los cálidos brazos de Harold, mi amiga no dejaba de repetirme que estaba segura de que yo moría por él.

—Holmesy, estás radiante. Estás luminosa. Estás resplandeciente.

—No es verdad.

—Sí lo es.

—Sinceramente, ni siquiera sé si es guapo.

—Está en la media —me dijo—. Vaya, lo bastante guapo como para estar dispuesta a volverme loca por él. El problema con los chicos es que el noventa y nueve por ciento no están mal. Si pudieras vestirlos y asearlos a fondo, y conseguir que andaran derechos y te escucharan y no fueran idiotas, se les podría aguantar.

—No me interesa salir con nadie, de verdad.

Conozco a gente que suele decir lo mismo, aunque en el fondo está buscando pareja, pero yo lo decía en serio. Sin duda había chicos que me atraían, y me gustaba la idea de salir con alguien, pero el funcionamiento de este tipo de cosas no se ajustaba demasiado a mis aptitudes. La lista de las cosas típicas de las relaciones amorosas que me ponían nerviosa incluía: 1) Besarse; 2) Tener que decir determinadas cosas para evitar herir sentimientos; 3) Seguir diciendo lo que no debo cuando intento disculparme; 4) Estar con alguien en el cine y sentirte obligada a seguir de la mano incluso cuando ya tienen las manos sudadas y los sudores empiezan a mezclarse, y 5) El momento en el que te preguntan: «¿En qué estás pensando?». Y quieren que les contestes: «Estoy pensando en ti, cariño», cuando en lo que de verdad estás pensando es en que las vacas no podrían sobrevivir, literalmente, si no fuera por las bacterias de sus intestinos, y en que de alguna manera eso significa que las vacas no existen como formas de vida independiente, pero, como no puedes decir algo así en voz alta, al final te ves obligada a elegir entre mentir y parecer una chica rara.

—Bueno, yo sí quiero salir con alguien —me dijo Daisy—. Y me las arreglaría con un multimillonario huérfano, lo que pasa es que no dejaría de mirarte a ti. Por cierto, pregunta sin importancia: adivina quién se queda con los millones de Pickett si éste muere.

—Mmm, ¿Davis y Noah?

—No —me contestó Daisy—. Vuelve a intentarlo.

—¿El zoólogo?

—No.

—Vamos, dímelo.

—Adivínalo.

—Muy bien. Tú.

—Desgraciadamente no, y es una injusticia. Soy una multimillonaria sin millones, Holmesy. Tengo alma de propietaria de un jet privado, y vida de conductora de autobuses. Es una tragedia. Pero no, no soy yo. Ni Davis. Ni el zoólogo. La tuátara.

—¿Qué dices?

—La pinche tuátara, Holmesy. Malik me dijo que era un tema de dominio público, y lo es. Escucha —sacó el celular—. Un artículo del *Indianapolis Star* del año pasado. «Russell Pickett, el multimillonario presidente y fundador de Pickett Engineering, conmocionó ayer a los asistentes a la gala del Premio Indianápolis al anunciar que dejaría toda su fortuna a su mascota tuátara. Pickett, que llamó a estas criaturas que pueden vivir más de ciento cincuenta años "animales mágicos", dijo que había creado una fundación para que estudiara su tuátara y le proporcionara los mejores cuidados posibles. "Investigando los secretos de Tua", dijo llamando a su mascota por su nombre, "los humanos descubrirán la clave de la longevidad y entenderán mejor la evolución de la vida en la Tierra". Al pedirle un reportero del *Star* que confirmara sus planes de dejar toda su fortuna a un fondo en beneficio de un solo animal, Pickett lo confirmó: "Mi fortuna se destinará a Tua y sólo a Tua, hasta que muera. Cuando muera, irá a un fondo destinado a los tuátaras de todo el mundo". Un portavoz de Pickett Engineering dijo que los asuntos personales de Pickett no afectaban a la dirección de la empresa.» Dejar tu fortuna a un lagarto es la mejor manera de decir a tus hijos: «Jódanse».

—Bueno, como recordarás, no es un lagarto —puntualicé.

—Holmesy, algún día ganarás el Premio Nobel de Pedantería, y estaré muy orgullosa de ti.

—Gracias —le dije. Frené delante de la cuadra de Daisy y estacioné a Harold—. Así que si el padre de Davis muere, ¿su hermano y él se quedan sin nada? ¿No hay que dejar algo de dinero a los hijos para que al menos paguen la universidad y esas cosas?

—No lo sé —me contestó Daisy—, pero eso me hace pensar que si Davis supiera dónde está su padre, lo diría.

—Sí —dije yo—. Alguien tiene que saberlo. Necesitó ayuda, ¿no? No puedes desaparecer por las buenas.

—Cierto, pero hay muchos posibles cómplices. Pickett tiene miles de empleados. Y vete a saber cuánta gente trabajando en la finca. En fin, si tienen un zoólogo...

—Tiene que ser una mierda estar siempre rodeado de gente en tu propia casa. Gente que no es de tu familia todo el día ocupando tu espacio.

—Pues sí, Holmesy, ¿cómo aguantar el sufrimiento de tener criados encantados de complacerte en todo momento?

Me reí. Daisy dio una palmada y siguió diciendo:

—Muy bien. Mi lista de cosas por hacer: Investigar el testamento. Conseguir el informe de la policía. Tu lista: Enamorarte de Davis, que ya tienes casi hecho. Gracias por traerme. Es hora de que vaya a fingir que quiero a mi hermana.

Agarró su mochila, salió de Harold y cerró de golpe su preciosa y frágil puerta.

Cuando volví a casa, me senté a ver la tele con mi madre, pero no podía dejar de pensar en Davis sujetándome la mano y mirándome el dedo.

Tengo pensamientos que la doctora Karen Singh llama «intrusivos», aunque la primera vez que lo dijo entendí «invasivos», que me gusta más, porque, como las hierbas invasoras, esos pensamientos parecen llegar a mi biósfera desde algún planeta lejano, y luego se extienden y no hay manera de controlarlos.

Supuestamente todo el mundo tiene pensamientos intrusivos. Miras desde un puente o desde donde sea y de repente se te ocurre que podrías saltar. Y si eres como la mayoría, piensas: «Vaya, qué pensamiento tan raro», y sigues adelante con tu vida. Pero en algunas personas el invasor se adueña de todo y desplaza todos los demás pensamientos hasta que no eres capaz de pensar en otra cosa y te pasas el día pensando en ese pensamiento, o intentando desviarte de él.

Estás viendo la tele con tu madre —una serie de detectives que viajan por el tiempo— y recuerdas a un chico sujetándote la mano y mirándote el dedo, y de repente se te ocurre: «Deberías quitarte la curita y comprobar si está infectado».

En realidad no quieres hacerlo. Es un invasor. Todo el mundo los tiene. Pero tú no puedes acallar los tuyos. Como has tomado ya mucha terapia cognitiva conductual, te dices: «No soy mis pensamientos», aunque en el fondo no tienes claro qué eres exactamente. Entonces te dices a ti misma que tienes que dar un clic en una pequeña X de la esquina superior del pensamiento para cerrarlo. Y quizá se cierra por un momento. Vuelves a estar en tu casa, en el sofá, al lado de tu madre, y entonces tu cerebro dice: «Oye, espera un momento. ¿Y si tienes el dedo infectado? ¿Por qué no lo compruebas? La cafetería no ha sido precisamente el sitio más higiénico para volver a abrir la herida. Y además estuviste en el río».

Ahora estás nerviosa, porque ya has pasado por lo mismo miles de veces, y también porque quieres elegir los pensamientos que llaman tuyos. Al fin y al cabo, el río estaba asqueroso. ¿Has tocado el agua con la mano? No sería tan difícil. «Ha llegado el momento de quitar la curita.» Te dices a ti misma que has tenido cuidado de no tocar el agua, pero tu yo contesta: «¿Y si has tocado algo que había tocado el agua?», y entonces te dices a ti misma que casi seguro que la herida no está infectada, pero la distancia que has establecido con el *casi* queda anulada con el pensamiento: «Tienes que comprobar que no está infectada, compruébalo y así nos quedamos tranquilas», y entonces de acuerdo, muy bien, dices que vas al baño, te quitas la curita y descubres que no hay sangre, pero la parte de la gasa podría estar un poco húmeda. Acercas la curita a la luz amarilla del baño, y sí, está claro que parece húmeda.

Podría ser sudor, por supuesto, pero también podría ser agua del río o, peor aún, una secreción seropurulenta, indicio seguro de infección, así que vas por el desinfectante del botiquín y te echas un poco en la yema del dedo, que te arde un montón, y luego te lavas las manos a conciencia, recitándote el abecedario para asegurarte de que te las has restregado los veinte segundos que recomiendan los organismos internacionales de salud, y luego te secas cuidadosamente las manos con una toalla. Y entonces hundes la uña en la grieta del callo hasta que empieza a sangrar, aprietas para que salga la sangre y te limpias la herida con un pañuelo desechable. Sacas una curita del bolsillo de los jeans, que nunca se queda sin existencias, y te la pones con cuidado. Vuelves al sofá a ver la tele, y durante unos pocos minutos, o muchos, sientes que los escalofríos de la tensión se relajan, sientes el alivio de rendirte ante los ángeles menores que llevas dentro.

Y pasan dos, o cinco, o seiscientos minutos, y empiezas a preguntarte: «Un momento, ¿saqué toda la pus? ¿Era pus o sólo era sudor? Si era pus, quizá deberías volver a drenar la herida».

Y así, la espiral se estrecha hasta el infinito.

6

Al día siguiente, después de clase, me uní a la multitud que desfilaba por los abarrotados pasillos de la prepa y me abrí camino hasta Harold. Tenía que cambiarme la curita, lo que me exigía unos minutos, pero preferí esperar a que se dispersara un poco el tráfico para volver a casa. Para matar el tiempo, mandé un mensaje a Daisy preguntándole si nos veíamos en el Applebee's, el restaurante al que solíamos ir a estudiar.

Me contestó a los pocos minutos: Trabajo hasta las 8. ¿Nos vemos luego?

YO: ¿Te llevo?

ELLA: Está llevándome mi padre. ¿Te escribió Davis?

YO: No. ¿Le escribo yo?

ELLA: NI SE TE OCURRA.

ELLA: Espera de 24 a 30 horas. Es obvio. Tienes curiosidad pero no estás obsesionada.

YO: Entendido. No sabía que había mandamientos de los mensajes.

ELLA: Pues los hay. Ya casi llegamos, tengo que irme. Primera misión, echar a la suerte quién tiene que ponerse el disfraz de ratón. Reza por mí.

Harold y yo nos dirigimos a casa, pero de repente se me ocurrió que podía ir a cualquier sitio. A cualquier sitio no, supongo, pero casi. Podía ir a Ohio, si quería, o a Kentucky, y aun así volver a casa por la noche a mi hora. Gracias a Harold, tenía a mi disposición unos quinientos kilómetros cuadrados del Medio Oeste estadounidense. Así que en lugar de girar para ir a casa, seguí por Meridian Street hasta llegar a la I-465. Subí la radio cuando empezó a sonar una canción que me gustaba, «No puedo dejar de pensar en ti», el bajo crepitaba en las bocinas de Harold, que se habían estropeado hacía tiempo, y la letra de la canción era tonta y absurda, y no necesitaba más.

A veces tienes la suerte de conseguir una concatenación de canciones magnífica, cada vez que en una estación empiezan los anuncios, pasas a otra en la que justo en ese momento empieza a sonar una canción que te encanta aunque casi la habías olvidado, una canción que no habrías elegido pero que resulta ser perfecta para cantarla a gritos. Y yo conduje con una de esas milagrosas playlists, sin rumbo fijo. Avancé por la autopista hacia el este, luego al sur, luego al oeste, luego al norte y luego otra vez al este, hasta que llegué a la salida de Meridian Street en la que había empezado.

Dar la vuelta a Indianápolis cuesta unos siete dólares en gasolina, y sabía que era malgastarlos, pero después de haber rodeado la ciudad me sentí mucho mejor.

Cuando paré para abrir la puerta del garage, vi varios mensajes de Daisy:

> Me tocó ponerme el pinche disfraz de ratón.
>
> Nos vemos luego si sobrevivo.
>
> Si muero llora en mi tumba cada día hasta que aparezca un brote en la tierra, y luego llora encima para que crezca hasta que se convierta en un bonito árbol cuyas raíces rodeen mi cuerpo.
>
> Tengo que salir ya me quitan el teléfono ACUÉRDATE DE MÍ HOLMESY.
>
> Últimas noticias: He sobrevivido. Me llevan al Applebee's después del trabajo. Nos vemos.

En la sala, mi madre corregía exámenes con los pies encima de la mesa de centro. Me senté a su lado.

—Un tal Lyle de la finca de los Pickett nos trajo la canoa, arreglada —me dijo sin levantar la mirada—. Dijo que Daisy y tú estaban remando en el río Blanco y chocaron contra una roca.

—Sí —le dije.

—Daisy y tú —dijo mi madre—. Remando en el río Blanco.

—Sí —repetí.

Levantó la mirada por fin.

—Parece algo que sólo harían si, por ejemplo, quisieran encontrarse con Davis Pickett.

Me encogí de hombros.

—¿Funcionó? —me preguntó.

Volví a encogerme de hombros, pero siguió mirándome hasta que me rendí y hablé.

—Me acordé de él, nada más. Necesitaba una excusa para echar un vistazo, supongo.

—¿Cómo le va sin su padre?

—Creo que está bien —le contesté—. Parece que a mucha gente no le cae demasiado bien su padre.

Se inclinó hacia mí y pegó su hombro al mío. Sabía que las dos estábamos pensando en mi padre, pero nunca se nos había dado bien hablar de él.

—Me pregunto si habrías discutido mucho con tu padre.

No dije nada.

—Te habría entendido, seguro —siguió diciéndome—. Entendía tus razones mucho mejor que yo. Pero se preocupaba por todo, y quizá te habría parecido agotador. A mí me lo parecía a veces.

—Tú también te preocupas —le dije.

—Supongo que sí. Sobre todo por ti.

—No me molesta que la gente se preocupe —le dije—. Preocuparse es la manera correcta de ver la vida. La vida es preocupante.

—Hablas igual que él —sonrió un poco—. Aún no creo que nos dejara.

Lo dijo como si hubiera sido una decisión, como si aquel día mi padre hubiera estado cortando el césped y hubiera pensado: «Creo que estaría bien caerme muerto ahora mismo».

Esa noche yo hice la cena, macarrones precocinados con verduras de lata y el inevitable queso cheddar, y comimos viendo un reality show sobre gente común y corriente intentando sobrevivir en plena naturaleza. Mi celular sonó por fin mientras mi madre y yo lavábamos los platos —Daisy diciéndome que había llegado al Applebee's—, así que le dije a mi madre que volvería hacia las doce y me reuní con Harold, lo cual fue, como siempre, un verdadero placer.

Applebee's es una cadena de restaurantes de calidad media de «comida estadounidense», lo que básicamente quiere decir que todo lleva queso. El año pasado, un niño llamó a la puerta de mi casa y convenció a mi madre de que le comprara un enorme libro de cupones para ayudar a su grupo de boy scouts o algo así, y resultó que el libro incluía sesenta cupones de Applebee's que ofrecían «Dos hamburguesas por 11 dólares». Desde entonces Daisy y yo siempre íbamos allí.

Daisy estaba esperándome en un gabinete, se había quitado la blusa del trabajo, se había puesto una camiseta turquesa de cuello redondo y estaba sumida en las profundidades del celular. Como no tenía computadora, lo hacía todo en el celular, desde mandar mensajes hasta escribir sus relatos. Escribía más deprisa que yo en un teclado normal.

—¿Te han mandado alguna vez una foto de un pito? —me preguntó a modo de saludo.

—Mmm, he visto uno —le contesté sentándome en el banco frente a ella.

—Sí, claro que has visto uno, Holmesy. Por Dios, no estoy preguntándote si eres una monja del siglo diecisiete. Quiero decir que si alguna vez has recibido una foto de un pito que no habías pedido, fuera de contexto. Una foto de un pito como presentación.

—La verdad es que no —le dije.

—Mira esto —me dijo pasándome su celular.

—Sí, es un pene —le dije mirando el celular de reojo y girándolo ligeramente en sentido contrario a las manecillas del reloj.

—Cierto, pero ¿podemos hablar del tema un minuto?

—¿Podemos olvidarlo, por favor?

Bajé el celular cuando Holly, nuestra mesera, apareció por la mesa. Holly solía atendernos, y no era precisamente miembro del club de fans de Daisy y Holmesy, de seguro por nuestro método basado en los cupones de Applebee's y nuestros escasos recursos a la hora de dejar propina.

Daisy insistió, como siempre.

—Holly, ¿alguna vez has recibido...?

—No —la interrumpí—. No no no —miré a Holly—. Sólo quiero agua, nada para comer, por favor, pero hacia el cuarto para las diez tomaré una hamburguesa vegetariana, sin mayonesa y sin especias, sólo una hamburguesa vegetariana y un panquecito para llevar, por favor. Con papas fritas.

—¿Y tú quieres la hamburguesa texana? —preguntó Holly a Daisy.

—Y un vaso de vino tinto, por favor.

Holly la miró fijamente.

—Está bien. Agua.

—Supongo que tienen un cupón —dijo Holly.

—Pues da la casualidad de que sí —le contesté, y lo deslicé por la mesa hacia ella.

Holly apenas se había girado cuando Daisy volvió a la carga.

—A ver, ¿cómo se supone que debo reaccionar al recibir un correo de un fan con un pene semierecto? ¿Se supone que debo sentirme intrigada?

—Seguramente el tipo piensa que acabará en boda. Se conocerán en la vida real, se enamorarán y algún día les dirán a sus hijos que todo empezó con una foto de un pene sin cuerpo.

—Qué manera más rara de reaccionar a lo que escribo. O sea, el tipo lee mi relato y piensa: «Me gustó mucho esta aventura amorosa de Rey y Chewbacca buscando la famosa poción tulgah de la paciencia en los restos de una nave espacial tulgah en Endor. Creo que, para agradecérsela, voy a mandarle a la autora del relato una foto de mi pito». ¿Cómo llegas de A a B, Holmesy?

—Los chicos son asquerosos —le dije—. Todo el mundo es asqueroso. La gente y sus cuerpos asquerosos. Me dan ganas de vomitar.

—Seguramente es un perdedor, un fan obsesionado por Kylo —murmuró.

Cuando hablaba de sus relatos de Star Wars, yo no entendía nada.

—¿Podemos hablar de otra cosa, por favor?

—Perfecto. En el descanso del trabajo me he hecho experta en testamentos. Te cuento: en realidad no puedes dejar ni un centavo a un animal no humano en tu testamento, pero sí puedes dejar todo tu dinero a una organización destinada exclusivamente a satisfacer las necesidades de un animal no humano. Digamos que el estado de Indiana considera que las mascotas no son personas, pero que las organizaciones sí lo son. Así que todo el dinero de Pickett irá a parar a una empresa que se ocupe de la tuátara. Y resulta que no tienes que dejar nada a tus hijos en tu testamento, por muy rico que seas... ni casa, ni dinero para la universidad, ni nada.

—¿Qué pasa si su padre va a la cárcel?

—Les pondrían un tutor. Quizá la mujer que lleva la casa, o algún familiar, o quien sea, y esa persona recibiría dinero para cubrir los gastos de los hijos. Si no logro hacer carrera encontrando a fugitivos, podría dedicarme a ser tutora de hijos de multimillonarios. Ok, empieza a reunir datos sobre el caso y la familia Pickett. Yo conseguiré el informe de la policía y haré la tarea de cálculo, porque los días sólo tienen veinticuatro horas, y tengo que pasar demasiadas en el Chuck E. Cheese's.

—¿Y cómo vas a conseguir una copia del informe de la policía?

—Ah, ya sabes. Tengo mis armas —me dijo.

Resultó que yo era amiga de Davis Pickett en Facebook, y aunque su perfil era una ciudad fantasma abandonada hacía mucho tiempo, me proporcionó un nombre de usuario, dallgoodman, que llevaba a una cuenta de Instagram.

La cuenta no tenía fotos, sólo citas escritas en fuentes de máquina de escribir con fondos borrosos de papel arrugado. La primera, subida hacía dos años, era de Charlotte Brontë. «A mí me importa lo que hago. Cuanto más solitaria, sin amigos y sin apoyo, más me respetaré a mí misma.»

La última cita era: «Quien no teme la muerte muere sólo una vez», que pensé que quizás era una velada alusión a su padre, aunque no pude confirmarlo. (Que conste que quien sí teme la muerte también muere sólo una vez, pero en fin.)

Pasando las citas observé que a un par de usuarios solían gustarles los posts de Davis, incluida una tal anniebellcheers, cuyo perfil mostraba básicamente fotos de animadoras, hasta que retrocedí a los de hacía más de un año y encontré varias fotos suyas con Davis, llenas de emojis de corazones.

Al parecer, su relación había empezado el verano entre el primer y el segundo semestre de la prepa, y había durado unos meses. Su perfil de Instagram tenía un link a su Twitter, donde seguía a un usuario llamado nkogneato, que resultó ser el nombre de Davis en Twitter. Lo supe porque había posteado una foto de su hermano zambulléndose en la alberca de su casa.

El nombre de usuario nkogneato me llevó a un perfil de YouTube —al usuario parecían gustarle sobre todo el basquetbol y esos videos larguísimos en los que ves a alguien jugando un videojuego—, y al final, tras haber pasado muchas páginas de resultados de búsqueda, a un blog.

Al principio no estaba segura de si el blog era de Davis. Todos los posts empezaban con una cita, y a continuación había un breve párrafo que nunca era lo bastante autobiográfico para identificarlo, como éste:

> Llega un momento en la vida en que la belleza del mundo basta por sí sola. No necesitas fotografiarla, ni pintarla, ni siquiera recordarla. Basta por sí sola.
>
> TONI MORRISON

> Anoche me acosté en el suelo helado y observé un cielo despejado, sólo algo deslucido por la contaminación lumínica y la neblina que creaba mi propia respiración —sin telescopio ni nada, sólo yo y el cielo abierto—, y pensaba que el cielo es un sustantivo singular, como si fuera una sola cosa. Pero el cielo no es una sola cosa. El cielo es todo. Y anoche, bastó por sí solo.

No estuve segura de que era él hasta que me di cuenta de que muchas de las citas de su Instagram estaban también en el blog, incluida la de Charlotte Brontë:

> A mí me importa lo que hago. Cuanto más solitaria, sin amigos y sin apoyo, más me respetaré a mí misma.
>
> CHARLOTTE BRONTË

Al final, cuando nos costaba seguir andando, nos sentamos en un banco frente al río, que descendía lentamente, y ella me dijo que la belleza era básicamente un tema de atención. «El río es bonito porque lo miras», me dijo.

Otra, escrita en noviembre del año pasado, por las fechas en que anniebellcheers y él dejaron de comunicarse por Twitter:

> Por convención lo caliente, por convención lo frío, por convención el color, pero en realidad átomos y vacío.
>
> DEMÓCRITO
>
> Cuando lo que observas no encaja con una verdad, ¿en qué confías, en tus sentidos o en tu verdad? Los griegos ni siquiera tenían una palabra para el azul. Para ellos no existía ese color. Como no podían nombrarlo, no podían verlo.
>
> No dejo de pensar en ella. Se me encoge el estómago cuando la veo. Pero ¿es amor o sólo algo para lo que no tenemos palabra?

La siguiente me dejó helada:

> La mejor arma contra el estrés es nuestra capacidad de elegir un pensamiento en lugar de otro.
>
> WILLIAM JAMES
>
> No sé qué súper poder tiene William James, pero mi capacidad de elegir mis pensamientos no es mayor que la de elegir mi nombre.

Hablaba de los pensamientos como yo los sentía, no como una elección, sino como un destino. No eran un catálogo de mi conciencia, sino una refutación de ella.

De niña, solía hablar con mi madre de mis invasores, y ella siempre me decía: «No pienses en estas cosas, Aza, así de sencillo». Pero Davis lo había entendido. No puedes elegir. Ése es el problema.

El otro aspecto interesante de la presencia de Davis en la red era que todo se interrumpía el día en que su padre desapareció. Había posteado en el blog casi a diario durante más de dos años, y la tarde después de que su padre desapareciera escribió:

> Que duerman bien, tarados.
>
> J. D. SALINGER
>
> Creo que me despido, amigos, aunque, pensándolo bien: Nadie se despide de ti si no quiere volver a verte.

Tenía sentido. Seguramente la gente había empezado a husmear. Es decir, si yo había encontrado su blog secreto, supongo que la policía también podía encontrarlo. Pero me preguntaba si de verdad Davis había dejado internet del todo, o si simplemente se había trasladado a una zona más lejana de la orilla.

Pero no pude seguir su rastro. Me pasé horas buscando sus nombres de usuario y variantes de ellos, pero sólo encontré a un montón de gente que no era mi Davis Pickett:

el Dave Pickett de cincuenta y tres años, camionero de Wisconsin; el Davis Pickett que murió de esclerosis lateral amiotrófica tras años posteando breves entradas escritas con software de seguimiento ocular; un usuario de Twitter llamado dallgoodman que se dedicaba exclusivamente a lanzar virulentas amenazas a miembros del Congreso. Encontré una cuenta de Reddit con comentarios sobre el equipo de basquetbol de Butler, así que probablemente era de Davis, pero tampoco se había posteado nada desde la desaparición de Pickett padre.

—Casi lo tengo —dijo Daisy de repente—. Me falta muy poco. Ojalá fuera tan buena en la vida como en internet.

Levanté la mirada y volví al plano sensorial del Applebee's. Daisy tecleaba en el celular con una mano y sujetaba el vaso de agua en la otra. Había mucho ruido y mucha luz. En la barra, la gente gritaba viendo algún evento deportivo en la tele.

—¿Qué tienes? —me preguntó Daisy dejando el vaso en la mesa.

—Bueno, Davis tenía novia, pero cortaron en noviembre. Tiene un blog, pero no ha posteado nada desde que desapareció su padre. No sé. En el blog parece... un encanto, supongo.

—Está bien, me alegro de que hayas utilizado tu talento como detective en internet para llegar a la conclusión de que Davis es un encanto. Holmesy, te quiero, pero encuentra algo de información sobre el caso.

Y lo hice. El *Indianapolis Star* publicaba muchos artículos sobre Russell Pickett porque su empresa era una de las que daban más trabajo en Indiana, pero también porque lo denunciaban cada dos por tres. Tenía un enorme patrimonio inmobiliario en el centro, que generaba gran cantidad de denuncias; su anterior secretaria ejecutiva y la directora de mercadotecnia de Pickett Engineering lo habían denunciado por acoso sexual; un jardinero de su finca lo había denunciado por violar la ley que prohíbe discriminar a los discapacitados, y la lista era interminable.

En todos los artículos se mencionaba al mismo abogado: Simon Morris. El sitio web de Morris describía su empresa como «un gabinete de abogados especializado en las necesidades integrales de personas con un alto poder adquisitivo».

—Por cierto, ¿puedo cargar el celular en tu compu?

Dijo exactamente eso, «compu», y me dieron ganas de preguntarle si de verdad valía la pena destrozar una palabra para ahorrarse seis letras, pero parecía muy concentrada en lo que estaba haciendo. Sin apartar los ojos del celular, metió la mano en el bolso, sacó un cable de USB y me lo pasó. Lo enchufé en mi laptop.

—Mejor, gracias —murmuró—. Ya casi lo tengo.

Vi que Holly había llegado con mi hamburguesa para llevar. Rompí la caja de plástico, tomé un par de papas fritas y seguí con mi investigación sobre Pickett. Encontré un sitio web llamado Glassdoor, en el que trabajadores y extrabajadores de Pickett Engineering criticaban a la empresa de forma anónima. Los comentarios sobre el propio Russell Pickett incluían:

> «El presidente es repugnante.»
> «Russell Pickett es un auténtico megalómano.»

«No digo que los ejecutivos de Pickett te obliguen a incumplir las leyes, pero muchas veces oímos a ejecutivos que dicen "No digo que tengan que incumplir las leyes, pero...".»

Vaya elemento. Y aunque había sorteado todas las denuncias llegando a acuerdos, la investigación criminal seguía adelante. Al parecer, la empresa había sobornado a muchos funcionarios a cambio de adjudicaciones para renovar el sistema de alcantarillado de Indianápolis.

Hacía quince años, el gobierno había destinado mucho dinero a limpiar el río Blanco construyendo más plantas depuradoras, ampliando la red de túneles del centro de la ciudad y desviando un riachuelo llamado Pogue's Run. La idea era que en un plazo de diez años las alcantarillas dejaran de verterse en el río cada vez que lloviera. Pickett Engineering consiguió la primera adjudicación, pero no terminó las obras y se había gastado mucho más de lo presupuestado, de modo que el gobierno canceló el contrato con la empresa de Pickett y aceptó ofertas para terminar el proyecto.

Y entonces, aunque Pickett Engineering había hecho un trabajo pésimo, consiguió la segunda adjudicación, al parecer sobornando a funcionarios. Habían detenido ya a dos ejecutivos de la empresa, que se creía que estaban colaborando con la policía. Russell Pickett estaba aún libre de cargos, aunque un editorial de tres días antes de su desaparición criticaba a las autoridades a este respecto: «El *Indianapolis Star* tiene pruebas suficientes para acusar a Russell Picket. ¿Por qué las autoridades no?».

—Lo tengoooooo. Muy bien. Espera. Espera. Sólo tiene que descargarse el archivo, sí, lo abro y... sí, carajo, sí.

Daisy me miró por fin y sonrió. Como le acomplejaban un poco sus incisivos torcidos, separados por arriba y pegados por abajo, casi nunca sonreía con la boca abierta. Pero en este caso le vi hasta las encías.

—¿Puedo hacer como al final de *Scooby-Doo* y contarte cómo lo hice?

Asentí.

—Está bien, pues en el primer artículo sobre la desaparición de Pickett se menciona un informe de la policía al que ha tenido acceso el *Indianapolis Star*. El artículo lo escribió Sandra Oliveros, con información adicional de su compañero Adam Bitterley, que valiente mierda de apellido, pero, en fin, sin duda es un periodista en prácticas, y haciendo una búsqueda rápida en Google descubres que acaba de graduarse en la Universidad de Indiana.

»Total, que me creé una dirección de email casi idéntica a la de Sandra Oliveros y mandé un correo a Bitterley pidiéndole que me mandara una copia del informe de la policía. Me contestó: "No puedo, no lo tengo en la computadora de mi casa", así que le dije que fuera volando a la oficina y me lo mandara, y él me dijo: "Es viernes por la noche", y yo le dije: "Sé que es viernes por la noche, pero las noticias no se interrumpen porque sea fin de semana. Haz tu trabajo o buscaré a otra persona que lo haga". Y entonces fue a la pinche oficina y me mandó por email el pinche informe de la policía escaneado.

—Madre mía.

—Bienvenida al futuro, Holmesy. Ya no se trata de hackear computadoras. Se trata de hackear almas. Tienes los archivos en tu email.

A veces me preguntaba si Daisy era amiga mía sólo porque necesitaba un testigo.

Mientras se descargaba el archivo, aparté la mirada de la pantalla y observé el estacionamiento a través de las persianas del restaurante. Una farola proyectaba su luz directamente hacia nosotros, lo que hacía que a su alrededor todo estuviera oscuro.

Intentaba quitarme un pensamiento de la cabeza, pero al abrir el informe de la policía y empezar a recorrerlo con los ojos, se hizo más intenso.

—¿Qué pasa? —me preguntó Daisy.

—Nada —le contesté. Volví a intentar ahogar el pensamiento. Pero no podía—. Es que... ¿no tendrá problemas? Cuando vaya al trabajo el lunes, ¿no le preguntará a su jefa por qué necesitaba esos archivos?, y cuando ella le diga: «¿Qué archivos?»... ¿No tendrá problemas? Podrían despedirlo.

Daisy puso los ojos en blanco, pero yo ya había entrado en la espiral, y empezó a preocuparme que el señor Bitterley descubriera cómo rastrear a Daisy, que hiciera que la detuvieran, y quizá también a mí, porque probablemente yo era su cómplice. Estábamos jugando un juego absurdo, pero cada día meten en la cárcel a gente por delitos menores. Imaginaba la noticia: JÓVENES HACKERS OBSESIONADAS CON UN CHICO MULTIMILLONARIO.

—Nos encontrará —dije al cabo de un rato.

—¿Quién? —me preguntó Daisy.

—Ese tipo —le contesté—. Bitterley.

—No, no nos encontrará. Estoy en un wifi público de un Applebee's y utilizo una IP que me ubica en Belo Horizonte, Brasil. Y si me encuentra, diré que tú no tenías ni idea de lo que estaba haciendo, iré a la cárcel por ti, y para agradecerme que me negara a delatarte, te tatuarás mi cara en el bíceps. Será genial.

—Daisy, déjate de bromas.

—Lo digo en serio. Tu bíceps flacucho necesita un tatuaje de mi cara. Y además no van a despedirlo. No va a encontrarnos. Cuando mucho, aprenderá una lección importante sobre la falsificación de correos, sin graves consecuencias tanto para su vida como para la empresa en la que trabaja. Tranquilízate, ¿ok? Estoy en plena discusión con un desconocido sobre si Chewbacca es una persona y tengo que contestarle.

Holly volvió con la cuenta, una manera poco sutil de recordarnos que llevábamos demasiado tiempo ocupando la mesa. Le di la tarjeta de débito que me había entregado mi madre. Daisy nunca tenía dinero, y mi madre me dejaba gastar veinticinco dólares por semana siempre y cuando siguiera sacando sobresalientes. Me froté el callo del dedo con el pulgar por debajo de la mesa. Me dije a mí misma que seguramente Daisy tenía razón, que seguramente todo iría bien. Seguramente.

—En serio, Holmesy —me dijo Daisy sin levantar la mirada del celular—. No permitiré que pase nada. Lo prometo.

—El problema es que no puedes controlarlo —le contesté—. Tu vida no depende de ti, ¿sabes?

—Mierda, sí depende de mí —murmuró, aún sumida en el celular—. Uf, Dios, ahora este tipo dice que lo que escribo es zoofilia.

—¿Cómo?

—Porque, en mi relato, Chewbacca y Rey estaban enamorados. Dice que es, y cito textualmente, «delictivo», porque es una relación entre diferentes especies. Ni siquiera hay sexo, está en la sección para adolescentes, es una historia de amor.

—Pero Chewbacca no es humano —le dije.

—No se trata de si Chewie era humano, Holmesy. Se trata de si era una persona —me dijo casi gritando. Se tomaba muy en serio todo lo que tenía que ver con Star Wars—. Y obviamente era una persona. A ver, ¿qué te convierte en persona? Tenía cuerpo, alma y sentimientos, hablaba una lengua, era mayor de edad, y si él y Rey sentían un amor apasionado y peludo, y se entendían bien, entonces demos gracias a Dios por que dos adultos conscientes se encontraran en una galaxia oscura y destrozada.

A menudo no encontraba la manera de librarme del miedo, pero algunas veces bastaba con escuchar a Daisy para conseguirlo. De repente algo se recolocaba dentro de mí y dejaba de sentirme en un remolino o avanzando por una espiral que se estrechaba hasta el infinito. No necesitaba sonrisas. Volvía a estar instalada en mí misma.

—Entonces ¿es una persona porque es consciente?

—¡Nadie se queja de que machos humanos tengan sexo con hembras twi'leks! Porque, claro, los hombres pueden elegir a quién tirarse. Pero una humana que se enamora de un wookiee, ah, eso no. En fin, sé que lo único que consigo es alimentar a los trolls, Holmesy, pero no voy a tolerarlo.

—Lo que quiero decir es que un bebé no es consciente, pero sigue siendo una persona.

—Nadie está hablando de bebés, Holmesy. Estamos hablando de una persona adulta que resultaba que era humana y que se enamoró de otra persona adulta que resultaba que era wookiee.

—¿Rey habla wookiee?

—Mira, me molesta un poco que no leas mis relatos, pero lo que de verdad me molesta es que no leas ningún relato de Chewie. Si lo hicieras, sabrías que wookiee no era una lengua, era una especie. Había como mínimo tres lenguas wookiees. Rey aprendió shyriiwook con los wookiees que fueron a Jakku, pero no solía hablarlo porque los wookiees entendían el básico galáctico estándar.

Me reí.

—¿Y por qué hablas en pasado?

—Porque todo esto sucedió hace mucho tiempo en una galaxia muy muy lejana, Holmesy. Siempre se habla en pasado de Star Wars. Obvio.

—Espera, ¿los humanos hablan shyri..., la lengua de los wookiees?

Daisy me respondió con una aceptable imitación de Chewbacca, y luego tradujo.

—Te pregunté si vas a comerte las papas fritas.

Le pasé la caja, tomó un puñado e hizo otro ruido de Chewbacca con la boca medio llena.

—¿Qué dices ahora? —le pregunté.

—Ya han pasado más de veinticuatro horas. Ha llegado el momento de que mandes un mensaje a Davis.

—¿Los wookiees se mandan mensajes?

—Se mandaban —me corrigió.

7

El lunes por la mañana llevé a mi madre a la preparatoria porque su coche estaba en el taller. Sentía en el dedo corazón el escozor del desinfectante que me había echado justo antes de salir, así que me presionaba la curita con el pulgar, lo cual acentuaba y a la vez aliviaba el dolor. No había mandado ningún mensaje a Davis durante el fin de semana. Lo tenía en mente, pero la noche del Applebee's no lo hice, y luego empecé a ponerme nerviosa, quizás había pasado demasiado tiempo, y Daisy no estaba a mi lado acosándome para que lo hiciera porque trabajó todo el fin de semana.

Mi madre debió de darse cuenta de que estaba presionándome la curita, porque me dijo:

—Mañana tienes cita con la doctora Singh, ¿verdad?

—Sí.

—¿Cómo van tus pensamientos con el medicamento?

—Bien, supongo.

Aunque no era del todo cierto. En primer lugar, no estaba convencida de que la pastilla redonda de color blanco me hiciera algo cuando me la tomaba, y en segundo lugar, no me la tomaba con la frecuencia con la que se suponía que debía tomármela. En parte, lo olvidaba, aunque había algo más que no acababa de identificar, cierto miedo oculto a que tomar una pastilla para ser yo fuera un error.

—¿Estás aquí? —me preguntó mi madre.

—Sí —le contesté.

Una parte de mí —aunque sólo una parte— seguía dentro de Harold escuchando la voz de mi madre y siguiendo el habitual itinerario que llevaba a la preparatoria.

—Sé sincera con la doctora Singh, ¿de acuerdo? No es necesario sufrir.

Y yo objetaría que decir eso supone no entender en absoluto la complejidad humana, pero bueno.

Dejé el coche en el estacionamiento de los alumnos, mi madre se fue por su lado y yo me puse en la cola para pasar por el detector de metales. Una vez confirmado que no llevaba armas, me uní al flujo de cuerpos que llenaban los pasillos como glóbulos rojos en una vena.

Llegué a mi casillero unos minutos antes de que empezara la clase y dediqué un segundo a buscar al periodista al que Daisy había engañado, Adam Bitterley. Esa mañana había compartido un enlace a un artículo suyo sobre un comité escolar que había decidido prohibir un libro, así que supuse que no lo habían despedido. Daisy tenía razón, no pasaba nada.

Estaba a punto de irme a clase cuando Mychal llegó corriendo a mi casillero y me arrastró hasta una banca.

—¿Qué tal, Aza?

—Bien —le contesté.

Estaba pensando cómo era posible que parte de ti estuviera en un sitio y a la vez las partes más importantes estuvieran en otro, en un sitio al que no se puede ingresar por medio de los sentidos. Es decir, cómo había hecho todo el camino hasta la preparatoria sin estar realmente en el coche. Intentaba mirar a Mychal, oír el clamor del pasillo, pero no estaba ahí, en realidad no, en el fondo no.

—Bueno —dijo Mychal—, mira, no quiero fastidiar nuestro grupo de amigos, porque es genial, de verdad, pero, esto es un poco incómodo, crees que, y puedes decir que no, en serio...

Se calló, pero yo veía a dónde quería ir a parar.

—Creo que ahorita no puedo salir con nadie —le dije—. Estoy...

Me interrumpió.

—Bueno, ahora sí que es súper incómodo. Iba a preguntarte si crees que Daisy querría salir conmigo o si es una locura. En fin, tú eres genial, Aza...

Conocía lo suficiente a Mychal para no morirme de vergüenza, literalmente, pero poco faltó.

—Sí —le dije—. Sí. Es una idea genial. Aunque deberías hablarlo con ella, no conmigo. Pero sí. Pídele que salga contigo, por supuesto. Me siento incómoda. Qué vergüenza. Deberías pedirle a Daisy que saliera contigo. Ahora voy a levantarme y a retirarme de la conversación con la poca dignidad que me queda.

—Lo siento mucho —me dijo mientras me levantaba y me alejaba—. Oye, Aza, eres guapa. No es eso.

—No —le dije—. No. No digas nada más. Es culpa mía. Ahora... ahora me voy. Pídele a Daisy que salga contigo.

Por suerte sonó el timbre, lo que me permitió salir corriendo hacia la clase de Biología. Como nuestro profesor no había llegado, todo el mundo estaba hablando. Me senté e inmediatamente mandé un mensaje a Daisy.

YO: Creí que Mychal estaba pidiéndome que saliera con él e intenté decirle que no con delicadeza, pero no estaba pidiéndome que saliera con él. Estaba pidiéndome que te pidiera a ti que salieras con él. Vergüenza máxima. Pero deberías decirle que sí. Es muy guapo.

ELLA: Oh, Dios. Qué horror. Parece un bebé gigante.

YO: ¿Qué?

ELLA: Parece un bebé gigante. Molly Krauss lo dijo una vez y nunca he podido quitármelo de la cabeza. No puedo relacionarme con un bebé gigante.

YO: ¿Por la cabeza afeitada?

ELLA: Por todo, Holmesy. Porque es exactamente como un bebé gigante.

YO: Qué va.

ELLA: La próxima vez que lo veas míralo y dime que no parece un bebé gigante. Es como si Drake y Beyoncé hubieran tenido un bebé gigante.

YO: Sería un bebé gigante que estaría buenísimo.

ELLA: Guardo el mensaje por si alguna vez tengo que hacerte chantaje. Por cierto, ¿YA LE ECHASTE UN VISTAZO AL INFORME DE LA POLICÍA?

YO: No, la verdad. ¿Y tú?

ELLA: Sí, aunque tuve que cerrar ayer Y el sábado Y mi tarea de cálculo es como leer en sánscrito Y he tenido que ponerme el disfraz de ratón unas doce veces. No he encontrado ninguna pista, aunque lo he leído entero. Y eso que es súper aburrido. Soy el héroe olvidado de esta investigación.

YO: Creo que se te recuerda bastante. Lo leeré hoy tengo que irme la señorita Park me mira mal.

Durante toda la clase de Biología, cada vez que la señorita Park se giraba hacia el pizarrón, yo leía en el celular el informe de personas desaparecidas.

Como el informe sólo tenía unas páginas, pude leerlo entero a lo largo del día, en las clases. Persona desaparecida de cincuenta y tres años, hombre, pelo canoso, ojos azules, con un tatuaje en el que pone *Nolite te bastardes carborundorum* («No dejes que los bastardos te hagan mierda», al parecer) en el omóplato izquierdo, tres pequeñas cicatrices quirúrgicas en el abdomen por extracción de la vesícula biliar, 1.83 de alto, unos 100 kilos, visto por última vez con su habitual atuendo para dormir: una camisa de pijama a rayas horizontales blancas y azul marino, y unos calzoncillos bóxer azul claro. Se descubrió que había desaparecido a las 5:35, cuando la policía se presentó en su casa en el marco de una investigación por corrupción.

El informe estaba formado básicamente por «declaraciones de testigos» que no habían sido testigos de nada. No había nadie en su casa aquella noche a excepción de Noah y Davis. La cámara de la puerta principal había grabado a dos trabajadores de la finca marchándose en coche a las 17:40. Malik, el zoólogo, salió aquel día a las 17:52. Lyle se marchó a las 18:02, y Rosa, a las 18:04. Así que lo que Lyle nos había dicho de que por las noches no había personal en la finca parecía cierto.

Una de las páginas estaba dedicada a la declaración de Davis:

> Rosa nos dejó pizza. Noah y yo cenamos jugando un videojuego. Mi padre bajó unos minutos, se sentó con nosotros a comer pizza y luego volvió a subir. Todo fue como de costumbre. La mayoría de las noches sólo veo a mi padre unos minutos, o no lo veo. No parecía nervioso. Era un día como cualquier otro. Cuando Noah y yo acabamos de cenar, dejamos los platos en el fregadero. Lo ayudé a hacer la tarea y luego estudié en el sofá mientras él jugaba a un videojuego. Subí a mi habitación hacia las diez, hice tarea un rato y observé un par de estrellas con mi telescopio: Vega y Epsilon Lyrae. Me metí en la cama hacia las once. Ni siquiera pensándolo ahora veo nada raro en aquel día.

[El testigo también declaró que no vio nada fuera de lo corriente por el telescopio, y añadió: «Mi telescopio no es para mirar al suelo. Se vería todo boca abajo y del revés».]

A continuación estaba la declaración de Noah:

Jugué Battlefront con Davis. Cenamos pizza. Mi padre estuvo un rato con nosotros y hablamos de cómo iba el equipo de los Cubs. Le dijo a David que tenía que estar más pendiente de mí, y Davis le contestó: «No soy su padre». Pero mi hermano y mi padre siempre estaban dándole cortones. Mi padre me puso una mano en el hombro antes de irse, y me pareció un poco raro. Sentí que me apretaba mucho. Casi me dolió. Luego me soltó y subió al piso de arriba. Davis me ayudó a hacer la tarea de álgebra y luego jugué Battlefront un par de horas más. Subí hacia las doce y me quedé dormido. No vi a mi padre después de que nos diera las buenas noches.

También había fotos —unas cien— de todas las habitaciones de la casa.

Todo se veía en su sitio. En el despacho de Pickett vi papeles que parecían trabajo para una noche, no para toda una vida. Se veía un celular en su mesita de noche. La alfombra estaba tan limpia que se veían las pisadas de una sola persona dirigiéndose a la mesa de Pickett, y ese mismo par de pisadas alejándose. Los armarios estaban llenos de trajes, decenas de trajes perfectamente alineados desde el gris claro hasta el negro más oscuro. En una fotografía del fregadero de la cocina se veían tres platos sucios, los tres con pequeñas manchas de grasa de pizza y de salsa de tomate. A juzgar por las fotos, más que haber desaparecido, Pickett parecía haber sido raptado.

Pero en el informe no se mencionaba en ningún momento la existencia de fotografías de visión nocturna, lo cual quería decir que nosotras teníamos algo que la policía no tenía: una cronología.

Después de clase, entré en Harold y grité cuando de repente Daisy apareció en el asiento de atrás.

—Mierda, me asustaste.

—Perdón —me dijo—. Me escondí porque Mychal y yo vamos a la misma clase de Historia, y aún no estoy preparada para verlo, y además tengo un montón de comentarios por contestar. La vida de un escritor de relatos de Star Wars es muy dura. ¿Has visto algo en el informe de la policía?

Yo estaba aún recuperando la respiración, pero al final dije:

—Parece que saben un poquito menos que nosotras.

—Bien —dijo Daisy—. Un momento, Holmesy, eso es. ¡Eso es! ¡Saben un poquito menos que nosotras!

—Mmm, ¿y?

—La recompensa es por «información que permita localizar el paradero de Russell Davis Pickett». No sabemos dónde está, de acuerdo, pero tenemos información que ellos no tienen que los ayudará a dar con su paradero.

—O no —le dije.

—Deberíamos llamar. Deberíamos llamar y plantearlo como una hipótesis: si supiéramos dónde estaba Pickett la noche que desapareció, ¿cuánto nos pagarías? Quizá no los cien mil dólares, pero algo.

—Deja que lo hable con Davis —le dije.

Aunque apenas lo conocía, me preocupaba mucho traicionarlo.

—Rompe corazones, no promesas, Holmesy.

—Es que... vete a saber si van a darnos dinero por eso. Sólo es una foto. ¿Quieres que te lleve al trabajo?

—Sí, para variar.

Esa noche, cenando con mi madre delante de la tele, no dejaba de darle vueltas. ¿Y si nos daban una recompensa? Era información valiosa que la policía no tenía. Quizá Davis me odiaría si llegaba a enterarse, pero ¿por qué debería preocuparme lo que pensara de mí un chico del Campamento Triste?

Al rato le dije a mi madre que tenía tarea y me escapé a mi habitación. Pensaba que quizá se me había pasado por alto algo del informe de la policía, así que decidí volver a leerlo, y estaba aún leyéndolo cuando Daisy me llamó. Empezó a hablar antes de que yo hubiera acabado de decirle «Hola».

—Llamé a la línea de colaboración ciudadana de la policía y pregunté en plan súper hipotético, y me dijeron que la recompensa la ofrece la empresa, no la policía, así que es la empresa la que decide si la información es relevante, y que no darán la recompensa hasta que encuentren a Pickett. Nuestra información es relevante, está claro, pero no van a encontrar a Pickett sólo con la fotografía de visión nocturna, así que quizá tendríamos que compartir la recompensa con otras personas. Pero si no lo encuentran, podríamos quedarnos sin ella. Aun así, peor es nada.

—O no, si no lo encuentran.

—Sí, pero es una prueba. Deberíamos llevarnos al menos una parte de la recompensa.

—Si lo encuentran.

—Encontrarán a ese sinvergüenza. Nos pagarán. No entiendo por qué le das tantas vueltas, Holmesy.

En ese momento sonó mi celular.

—Tengo que irme —le dije. Y colgué.

Había recibido un mensaje de Davis: Pensaba que nunca hay que hacerse amigo de gente que sólo quiere estar a tu lado por tu dinero, por los sitios a los que puede ir contigo o por lo que sea.

Empecé a teclear la respuesta, pero llegó otro mensaje. Que no hay que hacerse amigo de alguien al que no le caes bien.

Empecé a teclear otra vez, pero vi los puntos suspensivos, lo que quería decir que seguía escribiendo, así que esperé. Pero quizás el dinero es parte de mí. Quizá soy eso.

Al momento añadió: ¿En qué se diferencia lo que eres de lo que tienes? Quizás en nada.

A estas alturas no me importa por qué caigo bien a alguien.

Estoy jodidamente solo. Sé que es patético. Pero sí.

Estoy acostado en un banco de arena del campo de golf de mi padre, mirando el cielo. Tuve un día de mierda. Perdona por estos mensajes.

Me tapé con la cobija y le contesté. Hola.

ÉL: Te dije que no se me daba bien hablar del tiempo. En fin. Vaya forma de empezar una conversación. Hola.

YO: No eres tu dinero.

ÉL: ¿Y qué soy? ¿Qué es cualquier persona?

YO: Yo es la palabra más difícil de definir.

ÉL: Quizás eres lo que no puedes no ser.

YO: Quizá. ¿Cómo está el cielo?

ÉL: Genial. Inmenso. Increíble.

YO: Me gusta estar fuera de casa por la noche. Es una sensación rara, como si tuviera nostalgia, pero no de mi casa. Aunque es una sensación agradable.

ÉL: Ahorita me invade esa sensación. ¿Estás fuera de casa?

YO: Estoy en la cama.

ÉL: Mirar el cielo aquí es una mierda, por la contaminación lumínica, pero ahora mismo veo las ocho estrellas de la Osa Mayor, incluida Alcor.

YO: ¿Por qué tuviste un día de mierda?

Vi los puntos suspensivos y esperé. Escribió un buen rato, y lo imaginé tecleando y borrando, tecleando y borrando.

ÉL: Estoy muy solo, supongo.

YO: ¿Y Noah?

ÉL: También está solo. Eso es lo peor. No sé cómo hablar con él. No sé qué hacer para que no le duela tanto. No hace la tarea. Ni siquiera consigo que se bañe cada día. No es un niño pequeño. No puedo obligarlo a hacer nada.

YO: Si yo supiera algo... algo sobre tu padre, y lo dijera, ¿las cosas irían mejor o peor?

Tecleó mucho rato. Al final llegó la respuesta.

ÉL: Mucho peor.

YO: ¿Por qué?

ÉL: Por dos razones: Mejor que Noah vea a su padre en la cárcel a los dieciocho años, o a los dieciséis, o incluso a los catorce, que a los trece. Además, si agarran a mi padre porque intenta ponerse en contacto con nosotros, de acuerdo. Pero si lo agarran porque NO intenta ponerse en contacto con nosotros, Noah se quedaría destrozado. Todavía cree que nuestro padre nos quiere y todo eso.

Por un momento, y sólo por un momento, consideré la posibilidad de que Davis hubiera ayudado a su padre a desaparecer. Pero me costaba verlo como su cómplice.

YO: Lo siento. No diré nada. No te preocupes.

ÉL: Hoy es el cumpleaños de nuestra madre, pero Noah apenas la conoció. Para él todo es muy diferente.

YO: Lo siento.

ÉL: Y el problema es que cuando pierdes a alguien, te das cuenta de que al final perderás a todo el mundo.

YO: Cierto. Y una vez que lo sabes, no puedes olvidarlo.

ÉL: El cielo está cubriéndose de nubes. Debería irme a dormir. Buenas noches, Aza.

YO: Buenas noches.

Dejé el celular en la mesita, me cubrí la cabeza con la sábana y la cobija y pensé en el cielo inmenso por encima de Davis y en lo que pesaba mi ropa de cama, pensé en su padre y en el mío. Davis tenía razón: al final todo el mundo desaparece.

8

Daisy estaba en mi lugar de estacionamiento cuando Harold y yo llegamos a la preparatoria al día siguiente. El verano no dura mucho en Indianápolis, y aunque aún estábamos en septiembre, Daisy llevaba muy poca ropa para el tiempo que hacía, una camiseta de manga corta y una falda.

—Me va a dar un ataque —me dijo en cuanto salí del coche. Y me lo explicó mientras cruzábamos el estacionamiento—: Anoche me llamó Mychal para preguntarme si quería salir con él, y por mensaje me las habría arreglado, pero, qué quieres que te diga, por teléfono me puse nerviosa, y no estaba segura de si Mychal se lo tomaría a mal... Estoy dispuesta a darle una oportunidad al bebé gigante. Pero por un momento me puse nerviosa, y como no quería comprometerme a salir a solas con él, creo que le propuse que saliéramos con Davis y contigo.

—Dime que no es verdad —le dije.

—Y él me contestó: «Aza me dijo que no quería salir con nadie», y yo le dije: «Bueno, sigue muerta por ese tipo que va al Aspen Hall», y él me dijo: «El hijo del multimillonario», y yo le dije: «Sí», y entonces él me dijo: «No puedo creer que rechazara una falsa petición con una falsa excusa». Pero, en fin, el viernes por la noche tú, yo, Davis y un bebé del tamaño de un hombre tenemos un picnic.

—¿Un picnic?

—Sí, será genial.

—No me gusta comer en el campo —le dije—. ¿Por qué no vamos al Applebee's y utilizamos dos cupones en lugar de uno?

Se detuvo y se giró hacia mí. Como estábamos en la escalera de la entrada de la preparatoria, rodeadas de gente, me preocupó que nos arrollaran, pero Daisy tenía la capacidad de separar las aguas del mar. La gente le hacía lugar.

—Voy a hacerte una lista de lo que me preocupa —me dijo—. Uno: no quiero estar a solas con Mychal en nuestra primera y seguramente única cita. Dos: ya le dije que te gusta un chico del Aspen Hall. No puedo retractarme. Tres: hace meses que no me relaciono con un ser humano. Cuatro: por lo tanto, estoy muy nerviosa y quiero que mi mejor amiga esté conmigo. Observarás que ninguna de mis cuatro primeras preocupaciones es si vamos de picnic, así que si quieres cambiar el pinche picnic por el Applebee's, por mí perfecto.

Lo pensé un segundo.

—Lo intentaré —le dije.

Y mandé un mensaje a Davis mientras esperaba a que sonara el segundo timbre y empezara la clase de Biología.

> Unos amigos van el viernes a cenar al Applebee's de la calle 86 con Ditch. ¿Estás libre?

Me contestó inmediatamente. Sí. ¿Paso a buscarte o nos vemos allí?

Nos vemos allí. ¿Te queda bien a las siete?

Claro. Nos vemos.

Ese día, después de clase, tenía una cita con la doctora Singh en su consultorio sin ventanas del inmenso Indiana University North Hospital, en el barrio de Carmel. Mi madre se ofreció a llevarme, pero yo quería pasar un rato a solas con Harold.

Durante todo el camino pensé en lo que iba a decirle a la doctora Singh. Como no podía pensar y escuchar la radio a la vez, el coche estaba en silencio, a excepción del ruido sordo del corazón mecánico de Harold. Quería decirle que estaba mejor, porque se suponía que así se narraban las enfermedades, como obstáculos superados o batallas ganadas. Las enfermedades son historias que se cuentan en pasado.

—¿Cómo estás? —me preguntó mientras me sentaba.

Las paredes del consultorio de la doctora Singh estaban vacías, a excepción de una pequeña fotografía de un pescador en una playa con una red colgándole del hombro. Parecía una foto de catálogo, de esas que regalan con el marco. Ni siquiera había diplomas.

—Me siento como si no fuera yo la que conduce el autobús de mi conciencia —le contesté.

—No puedes controlarla.

—Supongo.

La doctora tenía las piernas cruzadas, y su pie izquierdo daba golpecitos en el suelo como si intentara enviar un SOS en morse. La doctora Karen Singh siempre estaba en movimiento, como un dibujo animado mal dibujado, aunque tenía la cara más impasible que había visto jamás. Nunca expresaba repulsión o sorpresa. Recuerdo que cuando le dije que a veces me imagino arrancándome el dedo corazón y pisoteándolo, me contestó: «Porque has focalizado tu dolor en ese dedo», y yo le dije: «Puede ser», y entonces ella se encogió de hombros y me dijo: «Sucede a menudo».

—¿Han aumentado tus reflexiones o pensamientos intrusivos?

—No lo sé. Siguen entrometiéndose.

—¿Cuándo te pusiste esta curita?

—No lo sé —mentí, y ella me miró sin pestañear—. Después de comer.

—¿Y tu miedo a la *C. diff*?

—No sé. A veces.

—¿Crees que puedes aguantar...?

—No —la interrumpí—. Bueno, aún estoy loca, si es lo que me pregunta. En lo de estar loca no ha habido cambios.

—He observado que dices mucho la palabra «loca». Y pareces enojada cuando la dices, casi como si te insultaras a ti misma.

—Bueno, últimamente todo el mundo está loco, doctora Singh. La cordura adolescente es cosa del siglo pasado.

—Me da la impresión de que estás siendo cruel contigo misma.

Me quedé un momento callada.

—¿Cómo puedes ser algo contigo mismo? —le pregunté—. Quiero decir que si puedes ser algo contigo mismo, entonces tu yo no es singular.

—Estás desviando el tema —me dijo.

Me limité a mirarla fijamente.

—Tienes razón en que el yo no es sencillo, Aza —siguió diciéndome—. Quizá ni siquiera es singular. El yo es una pluralidad, pero las pluralidades pueden integrarse, ¿verdad? Piensa en un arco iris. Es un arco de luz, pero también siete arcos de luz de diferentes colores.

—Ok, pues me siento más como siete cosas que como una.

—¿Sientes que esos pensamientos te dificultan la vida diaria?

—Uf, sí —le contesté.

—¿Puedes ponerme un ejemplo?

—No sé, estoy en la cafetería de la escuela y empiezo a pensar que dentro de mí viven cosas que se comen la comida por mí, y que de alguna manera yo soy esas cosas..., que más que una persona humana soy una masa amorfa y asquerosa de bacterias que pululan, y en realidad no hay manera de limpiarme, ¿sabe?, porque la suciedad me recorre por dentro. Vaya, que no encuentro dentro de mí la parte pura, o impoluta, o lo que sea, la parte de mí en la que se supone que está mi alma. Lo que significa que quizás es tan probable que yo tenga alma como que la tengan las bacterias.

—Sucede a menudo —me dijo la doctora. Su frase para todo.

La doctora Singh me preguntó si estaba dispuesta a volver a someterme a la terapia de exposición de respuesta, que había hecho cuando empecé a ir a su consultorio. Se trataba básicamente de hacer cosas como tocar con el dedo una superficie sucia y no lavármelo ni ponerme una curita. Durante un tiempo funcionó, más o menos, pero ahora sólo recordaba el miedo que pasaba, y no me veía capaz de volver a pasar tanto miedo, así que me limité a negar con la cabeza.

—¿Estás tomando el escitalopram?

—Sí —le contesté, y ella me miró fijamente—. Me asusta un poco tomarlo, así que no me lo tomo cada día.

—¿Te asusta?

—No sé.

Siguió observándome y dando golpecitos con el pie. El aire del consultorio parecía viciado.

—Si tomar una pastilla te hace diferente —seguí diciendo—, si te cambia por dentro... es una mierda, ¿sabe? ¿Quién decide lo que significa mi yo, yo o los trabajadores de la fábrica que hace el escitalopram? Es como si tuviera un demonio dentro, y quiero que salga, pero la idea de sacarlo con pastillas es... no sé... rara. Pero muchos días lo supero, porque de verdad odio a ese demonio.

—Sueles recurrir a metáforas para intentar entender lo que te pasa, Aza: como si tuvieras un demonio dentro; llamas autobús a tu conciencia, o celda de una cárcel, o espiral, o remolino, o loop, o... Creo que una vez la llamaste garabato de un círculo, y me pareció interesante.

—Sí —le dije.

—Uno de los desafíos del dolor, tanto físico como psíquico, es que en realidad sólo podemos abordarlo por medio de metáforas. No puede representarse como se representa una mesa o un cuerpo. En cierto sentido, el dolor es lo contrario del lenguaje.

Se giró hacia la computadora, movió el ratón para activarlo y le dio clic a un icono del escritorio.

—Quiero leerte algo que escribió Virginia Woolf: «La lengua inglesa, capaz de expresar los pensamientos de Hamlet y la tragedia de Lear, se queda sin palabras a la hora de describir el estremecimiento y el dolor de cabeza [...] La más sencilla colegiala, cuando se enamora, puede recurrir a Shakespeare o a Keats para que se explique por ella; pero pídanle a un enfermo que intente describirle a su médico qué siente cuando le duele la cabeza y verán cómo la lengua se agota de inmediato». Y somos criaturas que nos basamos tanto en el lenguaje que hasta cierto punto no podemos saber lo que no podemos nombrar. Y por eso damos por sentado que no es real. Recurrimos a términos omniabarcadores, como «loco» o «dolor crónico», términos que condenan al ostracismo y a la vez banalizan. El término «dolor crónico» no encierra en sí nada del dolor agobiante, constante, incesante e ineludible. Y el término «loco» llega a nosotros sin un ápice del terror y la preocupación con los que vives. Y ninguno de estos términos alude a la valentía de las personas que los sufren, y por eso te pediría que inscribieras tu salud mental en el marco de una palabra que no fuera «loca».

—Sí —le dije.

—¿Puedes decirlo? ¿Puedes decir que eres valiente?

Fruncí el ceño.

—No me haga hacer esta mierda de terapia —le dije.

—Esta mierda de terapia funciona.

—Soy una valiente guerrera en mi batalla de Valhalla interna —dije con rostro inexpresivo.

La doctora casi sonrió.

—Hablemos de un plan para que tomes el medicamento todos los días.

Y empezó a hablar de las mañanas frente a las noches, de que también podríamos suspender ese medicamento y probar con otro, aunque mejor hacerlo en una época con menos estrés, como las vacaciones de verano, etcétera, etcétera.

Entretanto, por alguna razón, sentía punzadas en el estómago. Probablemente sólo nervios de escuchar a la doctora Singh hablando de dosis. Pero así empieza también la *C. diff*, te duele el estómago porque varias bacterias malas consiguen enraizar en tu intestino delgado, y entonces las tripas se te perforan y en setenta y dos horas estás muerto.

Necesitaba volver a leer el caso de la mujer que no presentaba síntomas, excepto dolor de estómago, y resultó que tenía *C. diff*. Pero ahora mismo no puedo sacar el celular, la doctora se enojaría, pero ¿la mujer tenía algún otro síntoma, o mi caso es exactamente igual que el suyo? Otra punzada. ¿Tenía fiebre? No lo recuerdo. Mierda. Ya estamos. Ahora estás sudando. La doctora lo nota. ¿Deberías decírselo? Es médico. Quizá deberías decírselo.

—Me duele un poco el estómago —le dije.

—No tienes *C. diff* —me contestó.

Asentí y tragué saliva.

—Bueno —dije en voz baja—, no lo sabe.

—Aza, ¿tienes diarrea?

—No.

—¿Has tomado antibióticos últimamente?

—No.

—¿Has estado internada en el hospital últimamente?

—No.

—Pues no tienes *C. diff.*

Asentí, pero ella no era gastroenteróloga, y en cualquier caso yo sabía más que ella de la *C. diff*, literalmente. Casi treinta por ciento de las personas que habían muerto por *C. diff* no se había contagiado en un hospital, y más de veinte por ciento no tuvo diarrea. La doctora Singh siguió hablando del medicamento, y mientras la escuchaba a medias empecé a pensar que iba a vomitar. Ahora me dolía mucho el estómago, como si se retorciera, como si los billones de bacterias que tenía dentro estuvieran haciendo lugar para una nueva especie, la especie que me destrozaría por dentro.

Estaba empapada en sudor. Ojalá pudiera confirmar el caso de esa mujer. La doctora Karen Singh vio lo que estaba pasando.

—¿Hacemos ejercicios de respiración?

Y los hicimos, inhalamos hondo y luego exhalamos como si quisiéramos que la vela titilara sin apagarse.

Me dijo que quería verme en diez días. Puedes medir lo loco que te consideran en función de cuándo quieren que vuelvas. El año pasado, durante un tiempo tenía que volver cada ocho semanas. Ahora no llega a dos.

En el camino de vuelta busqué el caso. La mujer tenía fiebre. Me dije a mí misma que tenía que calmarme, y quizá me calmé un rato, pero aún no había llegado a casa cuando ya volvía a oír el susurro diciéndome que seguro que algo no iba bien en mi estómago, porque el dolor no desaparecía.

Pienso: «Nunca vas a librarte de esto».

Pienso: «No eliges tus pensamientos».

Pienso: «Estás muriéndote, y dentro de ti hay bichos que te comerán por dentro hasta llegar a la piel».

Y pienso y pienso y pienso.

9

Pero también tenía vida, una vida más o menos normal, que continuaba. Los pensamientos me dejaban en paz durante horas o días, y recordaba algo que mi madre me dijo una vez: «Lo que te pasa ahora no tiene por qué pasarte siempre». Iba a clases, sacaba buenas calificaciones, hacía trabajos, hablaba con mi madre después de comer, cenaba, veía la tele y leía. No siempre estaba atrapada dentro de mi yo, o de mis yos. No sólo estaba loca.

La noche de la cita llegué a casa de la prepa y me pasé al menos dos horas vistiéndome. Era un día sin nubes de finales de septiembre, lo bastante frío para que estuviera justificado llevar chamarra, pero lo bastante cálido para ponerse un vestido de manga larga con medias. De nuevo no conseguía decidirme, y mandar un mensaje a Daisy no sirvió de nada, porque me contestó que ella iba a ponerse un vestido de noche, y no terminaba de tener claro si estaba tomándome el pelo.

Al final me decidí por mis jeans favoritos y una sudadera encima de una camiseta de color lavanda que me había regalado Daisy en la que se veía a Han Solo y Chewbacca abrazados.

Luego me pasé media hora más maquillándome y desmaquillándome. No soy de las que se entusiasman con estas cosas, pero estaba nerviosa, y a veces el maquillaje es como una armadura.

—¿Te pintaste la raya del ojo? —me preguntó mi madre cuando salí de mi habitación.

Estaba clasificando recibos, que había extendido por toda la mesa de centro. La pluma que tenía en la mano planeaba por encima de una chequera.

—Un poco —le dije—. ¿Queda raro?

—Sólo diferente —me contestó mi madre sin conseguir ocultar su desagrado—. ¿Adónde vas?

—Al Applebee's con Daisy, Davis y Mychal. Volveré hacia las doce.

—¿Es una cita?

—Es una cena —le contesté.

—¿Estás saliendo con Davis Pickett?

—Vamos a cenar al mismo restaurante a la misma hora. No vamos a casarnos.

Señaló el sofá, justo a su lado.

—Se supone que tengo que estar allí a las siete —le dije.

Volvió a señalar el sofá. Me senté y me pasó el brazo por el hombro.

—No hablas mucho con tu madre.

La doctora Singh me dijo una vez que si tienes una guitarra perfectamente afinada y un violín perfectamente afinado en la misma habitación, y tocas la cuerda del re de la guitarra, el sonido cruzará la habitación y la cuerda del re del violín también vibrará. Yo siempre sentía las vibraciones de las cuerdas de mi madre.

—Tampoco hablo mucho con los demás.

—Quiero que tengas cuidado con Davis Pickett, ¿va? La riqueza es poco cuidadosa..., así que debes tener cuidado con ella.

—No es rico. Es una persona.

—Las personas también pueden ser poco cuidadosas —me abrazó tan fuerte que sentí que me cortaba la respiración—. Ten cuidado.

Fui la última en llegar, y el lugar que quedaba era el de al lado de Mychal, delante de Davis, que llevaba una camisa a cuadros, muy bien planchada, remangada casi hasta los codos. No sé por qué, pero siempre me han encantado los antebrazos de los hombres.

—Qué camiseta tan linda —me dijo Davis.

—Regalo de cumpleaños de Daisy —le contesté.

—¿Sabes? Hay gente que cree que el amor entre wookiees y humanos es zoofilia —dijo Daisy.

Mychal suspiró.

—No la dejen que empiece con el rollo de si los wookiees son personas.

—En realidad es lo más fascinante de Star Wars —dijo Davis.

Mychal gimió.

—Oh, Dios. Qué horror.

Daisy se lanzó a defender el amor entre wookiees y humanos.

—Mira, por un momento, en Star Wars Apocrypha, Han estaba casado con una wookiee, ¿y a alguien le escandalizó?

Davis la escuchaba atentamente, inclinado hacia adelante. Era más bajo que Mychal, aunque ocupaba más espacio. Las desgarbadas extremidades de Davis ocupaban lugar como un ejército mantiene un territorio.

Davis y Daisy charlaban sobre la deshumanización de los soldados clones, y Mychal se metió en la conversación para explicar que en realidad Daisy era una famosa escritora de relatos de Star Wars. Davis buscó en el celular el nombre de usuario de Daisy, se quedó impresionado al ver que su último relato lo habían leído más de dos mil personas y luego todos se rieron de una broma sobre Star Wars que no entendí.

—Agua para todos —dijo Daisy cuando llegó Holly a preguntarnos qué íbamos a beber.

Davis se giró hacia mí y dijo:

—¿No tienen Dr Pepper?

—Los refrescos no entran en el cupón —explicó Holly en tono monocorde—. Pero no tenemos. Tenemos Pepsi.

—Bueno, creo que podemos permitirnos una ronda de Pepsis —dijo Davis.

Durante el silencio que siguió caí en la cuenta de que no había dicho nada desde mi respuesta a Davis sobre mi camiseta. Davis, Daisy y Mychal siguieron hablando sobre Star Wars, el tamaño del universo y los viajes a velocidad superior a la de luz. «Star Wars es la religión estadounidense», dijo Davis en un momento determinado, y Mychal dijo: «Creo que la religión estadounidense es la religión», y aunque me reía con ellos, sentía que lo observaba todo desde otro sitio, como si estuviera viendo una película sobre mi vida en lugar de viviéndola.

Al rato oí mi nombre y volví bruscamente a mi cuerpo, sentado en el Applebee's, con la espalda pegada al respaldo verde de plástico, al olor a comida frita y al ruido de las conversaciones presionándome desde todas partes.

—Holmesy tiene Facebook —dijo Daisy—, pero hace años que no postea nada —me lanzó una mirada que no pude interpretar y luego añadió—: Holmesy maneja internet como una abuela —volvió a hacer una pausa—. ¿No es verdad? —me preguntó mirándome insistentemente.

Entonces entendí por fin que estaba intentando meterme en la conversación.

—Utilizo internet. Sólo que no siento la necesidad de aportar nada.

—Sí, parece que internet ya tiene mucha información —admitió Davis.

—Te equivocas —dijo Daisy—. Por ejemplo, en internet hay muy poca ficción romántica de calidad sobre Chewbacca, y yo sólo soy una persona, no puedo escribir tanto. El mundo necesita historias de amor wookiees de Holmesy.

La conversación se interrumpió un momento. Sentía piquetes de nervios en los brazos, y mis glándulas sudoríparas amenazaban con estallar. Siguieron hablando, la conversación iba de un lado a otro, los tres contaban historias, hablaban a la vez y se reían. Yo intentaba sonreír y asentir en el momento adecuado, pero siempre iba con un instante de retraso. Ellos se reían porque algo era gracioso; yo me reía porque ellos se habían reído.

No tenía hambre, pero cuando llegó lo que habíamos pedido me comí la hamburguesa vegetariana con tenedor y cuchillo para que pareciera que estaba comiendo más de lo que en realidad podía digerir. La conversación se interrumpió mientras comíamos, hasta que Holly llegó con la cuenta, que agarré yo.

Davis extendió el brazo por encima de la mesa y colocó la mano encima de la mía.

—Por favor —me dijo—. Déjame pagar a mí.

Le dejé que tomara la cuenta.

—Hagamos algo —dijo Daisy.

Yo quería volver a casa, comer algo en privado y meterme en la cama.

—Vamos al cine o a algún lugar —insistió Daisy.

—Podemos ver una película en mi casa —dijo Davis—. Tenemos todas las películas.

Mychal se giró hacia él.

—¿Qué quieres decir con eso de que tienen todas las películas?

—Quiero decir que tenemos todas las películas que se estrenan en los cines. Tenemos una sala de proyección y... las pagamos o algo así. La verdad es que no sé cómo funciona.

—O sea, cuando se estrena una película... ¿también se estrena en tu casa?

—Sí —le contestó Davis—. De niño necesitábamos a un proyeccionista, pero ahora todo es digital.

—¿En tu casa? —le preguntó Mychal, aún confundido.

—Sí, ahora te lo enseño —le contestó Davis.

Daisy me miró.

—¿Te apuntas, Holmesy?

Forcé una sonrisa y asentí.

Llevé a Harold a casa de Davis; Mychal llevó a Daisy en la camioneta de sus padres, y Davis fue con su Escalade. Nuestra pequeña caravana de coches se dirigió al oeste por la calle 86 hasta Michigan Road, donde dejó atrás las casas de empeño y de préstamos a corto plazo hasta llegar a las puertas de la finca de Davis, al otro lado de la calle del museo de arte. La finca de Pickett no estaba en un barrio bonito, pero era tan gigantesca que en sí misma parecía un barrio.

Se abrió la puerta y seguimos a Davis hasta un estacionamiento junto a la mansión de cristal. La casa era aún más increíble en la oscuridad. A través de las paredes veía toda la cocina, bañada en luz dorada.

Mychal llegó corriendo mientras yo salía de Harold.

—¿Sabes? Oh, no puedo creerlo, siempre había querido ver esta casa. Es de Tu-Quyen Pham, ya sabes.

—¿Quién?

—La arquitecta —me contestó—. Tu-Quyen Pham. Es súper famosa. Sólo ha diseñado tres casas en Estados Unidos. Oh, no puedo creer que esté viéndola.

Entramos en la casa, y Mychal empezó a gritar nombres de artistas.

—¡Pettibon! ¡Picasso! Oh, éste es de KERRY JAMES MARSHALL.

Yo sólo sabía quién era Picasso.

—Sí, en realidad presioné a mi padre para que lo comprara —dijo Davis—. Hace un par de años me llevó a una exposición en Miami Beach. Me encantan las obras de Marshall.

Observé que Noah estaba sentado en el mismo sofá, jugando lo que parecía el mismo videojuego.

—Noah —dijo Davis—, ellos son mis amigos. Amigos, él es Noah.

—¿Qué tal? —dijo Noah.

—¿Puedo echar un vistazo? —preguntó Mychal.

—Sí, claro. Sube a ver la instalación de Rauschenberg.

—No puedo creerlo —dijo Mychal, y subió la escalera, seguido por Daisy.

Me acerqué al cuadro al que Mychal había llamado «Pettibon». Era una espiral de colores, o quizás una rosa multicolor, o un remolino. Por algún truco de las líneas curvas, mis ojos se perdían en el cuadro y tenía que volver a enfocar en algún trozo concreto. Me daba la impresión no de que lo miraba, sino de que formaba parte de él. Sentí deseos de arrancar el cuadro de la pared y salir corriendo con él, pero lo descarté.

Pegué un brinco cuando Davis apoyó la mano en mi espalda.

—Raymond Pettibon. Sus cuadros más famosos son los de surfistas, pero a mí me gustan sus espirales. Fue músico punk antes de convertirse en artista. Estaba con Black Flag antes de que se llamara Black Flag.

—No sé lo que es Black Flag —le dije.

Sacó el celular, tecleó algo y un sonido chirriante, seguido de una voz grave pegando gritos, inundó la sala desde las bocinas de las paredes.

—Esto es Black Flag —me dijo, y paró la música también desde el celular—. ¿Quieres ver el cine?

Asentí, y me llevó al sótano, aunque no era exactamente un sótano, porque el techo estaba a más de cuatro metros de altura. Recorrimos el pasillo hasta una estantería llena de libros de tapa dura.

—La colección de primeras ediciones de mi padre —me dijo Davis—. No nos deja leerlos, claro. La grasa de las manos los estropea. Pero puedes tomar éste —me dijo señalando un ejemplar de *Suave es la noche*.

Extendí el brazo para agarrarlo, y en cuanto toqué el lomo, la estantería se abrió por la mitad y dejó al descubierto el cine, que tenía seis filas de butacas negras de piel.

—Por F. Scott Fitzgerald —me explicó—, cuyo tercer nombre era Key, *llave*. Francis Scott *Key* Fitzgerald.

No dije nada. El tamaño de la pantalla me había dejado pasmada.

—Seguramente se nota que estoy haciendo grandes esfuerzos por impresionarte —me dijo.

—Pues no lo estás consiguiendo. Me paso la vida yendo a mansiones con cines escondidos.

—¿Quieres ver una película? ¿O vamos a dar un paseo? Quiero que veas algo.

—No deberíamos abandonar a Daisy y Mychal.

—Ahora se lo digo —manipuló el celular un segundo y luego se lo acercó a la boca—: Vamos a dar un paseo. Están en su casa. El cine está en el sótano, por si les interesa.

Al momento su voz empezó a salir por las bocinas, repitiendo lo que acababa de decir.

—Podría haberle mandado un mensaje a Daisy —le dije.

—Sí, pero no habría sido tan impresionante.

Me subí el cierre de la sudadera y seguí a Davis. Caminamos en silencio por uno de los carriles asfaltados y pasamos por la alberca, que estaba iluminada por dentro del agua y pasaba lentamente del color rojo al naranja, luego al amarillo y por último al verde. La luz creaba un brillo inquietante en las ventanas del terrario que me recordaba a fotos de la aurora boreal.

Seguimos andando hasta que llegamos a un alargado banco de arena del campo de golf. Davis se acostó apoyando la cabeza en el césped. Yo me acosté a su lado. Nuestras chamarras se tocaban sin que se tocaran nuestras pieles. Señaló el cielo y dijo:

—La contaminación lumínica es terrible, pero la estrella más brillante que ves... allí, ¿la ves? No es una estrella. Es Júpiter. Pero Júpiter, dependiendo de la órbita y esas cosas, está a entre quinientos ochenta y mil cien millones de kilómetros de distancia. Ahora mismo está a unos ochocientos millones de kilómetros, que son unos cuarenta y cinco minutos luz. ¿Sabes lo que es el tiempo luz?

—Más o menos —le contesté.

—Quiere decir que si viajáramos a la velocidad de la luz, tardaríamos cuarenta y cinco minutos en llegar a Júpiter desde la Tierra, así que el Júpiter que estamos viendo ahorita en realidad es el Júpiter de hace cuarenta y cinco minutos. ¿Ves esas cinco estrellas, encima de los árboles, que forman una *W* torcida?

—Sí —le dije.

—Pues son Casiopea. Y lo increíble es que la estrella de arriba, Caph... está a cincuenta y cinco años luz. Luego está Schedar, que está a doscientos treinta años luz. Y luego Navi, que está a quinientos cincuenta años luz. No es sólo que no estamos cerca de ellas; es que no están cerca entre sí. Por lo que sabemos, Navi explotó hace quinientos años.

—Guau —dije—. Entonces estás mirando el pasado.

—Sí, exacto.

Noté que estaba buscando algo, quizás el celular, y entonces bajé la mirada y me di cuenta de que estaba intentando tomarme de la mano. Se la tomé. Nos quedamos en silencio bajo aquella luz antigua. Yo pensaba que el cielo, al menos aquel cielo, en realidad no era negro. Lo único negro eran los árboles, de los que sólo se veía la silueta. Los árboles eran sombras de sí mismos ante el intenso azul plateado del cielo nocturno.

Oí que giraba la cabeza hacia mí y noté que me miraba. Me pregunté por qué quería que me besara, y cómo saber por qué quieres estar con alguien, cómo desenredar la maraña de nudos del deseo. Y me pregunté por qué me asustaba girar la cabeza hacia él.

Davis empezó a hablar otra vez de las estrellas —a medida que oscurecía, veía cada vez más, débiles y parpadeantes, rozando el límite de la visibilidad—, me habló de la contaminación lumínica, de que si esperaba el tiempo suficiente, vería las estrellas moviéndose, y de un filósofo griego que creía que las estrellas eran agujeritos en un velo cósmico. Se quedó un momento callado y luego dijo:

—No hablas mucho, Aza.

—Nunca sé qué decir.

Me repitió lo que le había dicho el día que volvimos a vernos junto a la alberca.

—Prueba a decir lo que estás pensando. Yo jamás lo hago.

Le dije la verdad.

—Estoy pensando en simples organismos.

—¿Qué organismos?

—No puedo explicarlo —le contesté.

—Inténtalo.

Lo miré por fin. Todo el mundo alaba el atractivo de los ojos verdes y azules, pero los ojos cafés de Davis tenían una profundidad que los colores claros no alcanzan, y su manera de mirarme me hacía sentir que también en mis ojos cafés había algo que valía la pena.

—Supongo que no me gusta tener que vivir dentro de un cuerpo. Por absurdo que parezca. Y pienso que quizás en el fondo sólo soy un instrumento que existe para convertir el oxígeno en anhídrido carbónico, un mero organismo en esta... inmensidad. Y me aterroriza que eso que creo que es mi yo, entre comillas, en realidad no lo controle yo. Mira, seguro te has dado cuenta, ahorita me suda la mano, aunque hace demasiado frío para sudar, y de verdad odio que en cuanto empiezo a sudar, no puedo parar, y entonces no puedo pensar en nada más, sólo en que estoy sudando. Y si no puedes elegir lo que haces o en lo que piensas, quizás en realidad no eres real, ¿sabes? Quizá sólo soy una mentira que me susurro a mí misma.

—La verdad es que no noto que estés sudando, pero apuesto a que no te consuela.

—No, no me consuela.

Lo solté, me sequé la mano en los jeans y la cara con la manga de la sudadera. Sentía asco de mí misma. Era repulsiva, pero no podía apartarme de mi yo porque estaba atrapada en él. Pensé que el olor del sudor no es del sudor en sí, sino de las bacterias que se lo comen.

Empecé a hablarle a Davis de un parásito raro, el *Diplostomum pseudospathaceum*. Madura en los ojos de los peces, pero sólo puede reproducirse en el estómago de los pájaros. Los peces infectados con parásitos no maduros nadan en aguas profundas para que a los pájaros les resulte más difícil verlos, pero en cuanto el parásito está listo para aparearse, de repente los peces infectados empiezan a nadar cerca de la superficie. Básicamente intentan que se los coma un pájaro, y al final lo consiguen, y el parásito, que desde el principio era el causante de la historia, acaba exactamente donde necesita estar, en la barriga de un pájaro. El parásito se reproduce ahí, y luego los pájaros cagan las crías del parásito al agua, donde se encuentran con un pez, y el ciclo vuelve a empezar.

Intentaba explicarle por qué eso me ponía tan nerviosa, pero no lo conseguía, y era consciente de que había alejado demasiado la conversación del momento en el que estábamos tomados de la mano y a punto de besarnos, de que ahora estaba hablando de heces de pájaros infectadas por parásitos, que era más o menos lo contrario de una conversación romántica, pero no podía detenerme, porque quería que entendiera que me sentía como el pez, como si toda mi historia la escribiera otra persona.

Incluso le conté algo que nunca le había dicho a Daisy, ni a la doctora Singh, ni a nadie: que clavarme la uña del pulgar en la yema del dedo corazón había empezado siendo una manera de convencerme a mí misma de que era real. De niña, mi madre me había dicho que si te pellizcas y no te despiertas, puedes estar segura de que no estás soñando, y por eso, cada vez que pensaba que quizá no era real, hundía la uña en la yema del dedo, y sentía el dolor, y por un segundo pensaba: «Pues claro que soy real». Pero el problema es que el pez puede sentir dolor. No puedes saber si estás obedeciendo las órdenes de algún parásito, no puedes estar seguro.

Después de contarle todo esto, nos quedamos en silencio un buen rato, hasta que Davis dijo:

—Mi madre estuvo seis meses en el hospital después del aneurisma. ¿Lo sabías?

Negué con la cabeza.

—Supongo que estaba en coma o algo así —siguió diciendo Davis—. No hablaba, ni podía comer, pero si la tomabas de la mano, a veces te la apretaba.

»Noah era muy pequeño para ir a verla a menudo, pero yo no. Cada día, después de clases, Rosa me llevaba al hospital, yo me acostaba en la cama con mi madre y veíamos *Las tortugas ninja* en la tele de su habitación.

»Tenía los ojos abiertos, podía respirar por sí misma, y yo me acostaba a su lado y veía *Las tortugas ninja*, y siempre tenía el Iron Man en la mano, apretado entre los dedos, y metía el puño en la mano de mi madre y esperaba, y a veces me lo apretaba, y cuando sucedía me sentía... no sé... querido, supongo.

»En fin, recuerdo que una vez vino mi padre y se quedó pegado a la pared, en la otra punta de la habitación, como si mi madre fuera contagiosa. En un momento dado mi madre me apretó la mano y se lo dije a mi padre. Le dije que estaba tomándome de la mano, y mi padre me contestó: «Sólo es un acto reflejo», y yo le dije: «Está tomándome de la mano, papá, mira». Y él me dijo: «No está aquí, Davis. Ya no está aquí».

»Pero no funciona así, Aza. Mi madre seguía siendo real. Seguía viva. Era tan persona como cualquier otra. Eres real, pero no por tu cuerpo ni por tus pensamientos.

—¿Y entonces por qué? —le pregunté.

Suspiró.

—No lo sé.

—Gracias por contármelo —le dije.

Me había girado hacia él y observaba su cara de perfil. A veces Davis parecía un niño, con su palidez y su acné en la barbilla. Pero ahora estaba guapo. El silencio se hizo cada vez más incómodo hasta que al final le hice la pregunta más tonta, porque de verdad quería saber la respuesta.

—¿En qué estás pensando?

—Estoy pensando en que es demasiado bueno para ser verdad —me contestó.

—¿Qué?

—Tú.

—Ah —y un segundo después añadí—: Nunca se dice que algo es demasiado malo para ser verdad.

—Sé que vieron la foto. La foto de visión nocturna —como no dije nada, siguió hablando—: Eso es lo que sabes, lo que quieren decir a la policía. ¿Les ofrecieron una recompensa por la foto?

—No estoy aquí porque quiera... —le dije.

—¿Y cómo puedo saberlo, Aza? ¿Cómo es posible saber algo así, de ti o de cualquiera? ¿Se la dieron ya?

—No, no se la daremos. Daisy quiere dársela, pero no se lo permitiré. Te lo prometo.

—No puedo saberlo —me dijo—. Intento olvidarlo, pero no puedo.

—No quiero la recompensa —le dije, aunque no sabía si lo decía en serio.

—Ser vulnerable es pedir a gritos que te utilicen.

—Pero eso le pasa a cualquiera —le dije—. Ni siquiera es importante. Sólo es una foto. No dice nada de dónde está.

—Les da una hora y un lugar. Aunque tienes razón. No van a encontrarlo. Pero me preguntarán por qué no les entregué esa foto. Y no me creerán, porque no tengo una buena razón para no habérsela entregado. Es sólo que no quiero tener que soportar a los chicos de la escuela mientras lo juzgan. No quiero que Noah tenga que pasar por eso. Quiero... que todo sea como antes. Y que no esté se parece más a como estábamos antes que tenerlo en la cárcel. La verdad es que no me dijo que se iba. Pero si me lo hubiera dicho, no se lo habría impedido.

—Aunque diéramos la foto a la policía, eso no quiere decir que vayan a detenerte a ti ni nada de eso.

De repente Davis se levantó y empezó a cruzar el campo de golf.

—Esto se puede solucionar —lo oí decirse a sí mismo.

Lo seguí hasta la cabaña y entramos. Era una casita rústica cubierta de paneles de madera, con techos altos y una increíble colección de cabezas de animales en las paredes. Un sofá a cuadros y varias sillas a juego formaban un semicírculo delante de una enorme chimenea.

Davis fue hacia la barra, abrió el armario de encima del fregadero, sacó una caja de Cheerios de nueces y miel y empezó a agitarla. Varios Cheerios cayeron al fregadero, y luego un fajo de billetes atado con una tira de papel. Me acerqué y vi que en la tira decía $10 000, lo que parecía imposible, porque el fajo era demasiado fino, de poco más de medio centímetro de ancho. De la caja de Cheerios salió otro fajo, y luego otro. Davis tomó otra caja de cereales y repitió el proceso.

—¿Qué... qué estás haciendo?

—Mi padre esconde fajos por todas partes —me contestó tomando la tercera caja—. El otro día encontré uno metido en el sofá de la sala. Esconde dinero como los alcohólicos esconden botellas de vodka.

Davis limpió con la mano los fajos de billetes de cien dólares para quitarles el polvillo de cereales, los apiló junto al fregadero y luego los agarró. Pudo agarrar toda la pila con una sola mano.

—Cien mil dólares —me dijo, y me los ofreció.

—Ni hablar, Davis. No puedo...

—Aza, la policía encontró unos dos millones de dólares cuando registró la casa, pero apuesto a que no se llevó ni la mitad de lo que había. Encuentro estos fajos por todas partes, ¿ok? No quiero que parezca que he perdido el contacto con la realidad, pero para mi padre esto es un pequeño descuadre. Te lo doy como recompensa por no entregar la foto. Pedirá a nuestro abogado que te llame. Simon Morris. Es agradable, aunque se toma su trabajo demasiado en serio.

—No pretendo...

—Pero no puedo saberlo —me interrumpió—. Por favor..., así, si sigues llamándome o mandándome mensajes o lo que sea, sabré que no es por la recompensa. Y tú también lo sabrás. Estará bien saberlo, aunque no me llames.

Se dirigió a un armario, lo abrió, sacó un bolso de mano azul, metió el dinero y me lo dio.

Ahora parecía un niño, con los ojos llorosos, el miedo y el cansancio en la cara, como una criaturita despertándose en medio de una pesadilla. Tomé el bolso.

—Te llamaré —le dije.

—Ya veremos.

Salí de la cabaña con calma y luego corrí por el campo de golf, rodeé la alberca y entré en la mansión. Subí la escalera y recorrí un pasillo hasta que oí a Daisy hablando al otro lado de una puerta cerrada. La abrí. Daisy y Mychal estaban besándose en una gran cama con dosel.

—Mmm —dije.

—Un poco de intimidad, por favor —me dijo Daisy.

—Está bien, pero no estás en tu casa —murmuré cerrando la puerta.

No sabía adónde ir. Bajé la escalera. Noah estaba en el sofá viendo la tele. Al acercarme, vi que iba en pijama, una pijama del Capitán América, aunque ya tenía trece años. Tenía en las rodillas un tazón de cereal que parecía ser Lucky Charms. Tomó un puñado y se lo metió en la boca.

—¿Qué tal? —me dijo masticando.

Tenía el pelo grasiento y apelmazado sobre la frente, y de cerca parecía pálido, casi translúcido.

—¿Estás bien, Noah?

—De poca madre —me contestó. Tragó y me dijo—: ¿Ya descubrieron algo?

—¿Cómo?

—De mi padre. Davis dijo que iban por la recompensa. ¿Han descubierto algo?

—La verdad es que no.

—¿Puedo mandarte una cosa? Agarré todas las notas del teléfono de mi padre de iCloud. Podrían ayudarles. Podría haber una pista o algo. La última nota, la que escribió esa noche, decía «la boca del corredor». ¿Te dice algo?

—Pues no.

Le di mi número para que me mandara las notas y le dije que les echaría un vistazo.

—Gracias —me dijo en voz baja—. Davis cree que es mejor que se haya ido. Dice que sería peor que estuviera en la cárcel.

—¿Y tú qué crees?

Me miró fijamente un momento y me dijo:

—Yo quiero que vuelva a casa.

Me senté en el sofá, a su lado.

—Estoy segura de que aparecerá.

Sentí que se inclinaba hasta pegar el hombro al mío.

No me entusiasmaba tocar a desconocidos, menos aún teniendo en cuenta que Noah parecía llevar tiempo sin bañarse, pero le dije:

—Noah, es normal que estés asustado.

Entonces giró la cara y empezó a llorar.

—Todo saldrá bien —le dije—. Todo saldrá bien. Volverá a casa.

—No puedo pensar con claridad —me dijo con la voz entrecortada por los sollozos—. Desde que se fue no puedo pensar con claridad.

Sabía de lo que hablaba... Toda mi vida había sido incapaz de pensar con claridad, incapaz incluso de terminar un pensamiento porque mis pensamientos no llegaban en fila, sino en bucles enlazados que se enroscaban sobre sí mismos, en arenas movedizas, en agujeros negros.

—Todo saldrá bien —volví a mentirle—. Seguramente sólo necesitas descansar un poco.

No sabía qué otra cosa decirle. Era muy joven y estaba muy solo.

—¿Me lo dirás? Quiero decir si descubres algo sobre mi padre.

—Sí, claro.

Al rato se incorporó y se limpió la cara con la manga. Le dije que debía dormir un poco. Eran casi las doce.

Dejó el tazón de cereal en la mesita de centro, se levantó y subió la escalera sin despedirse.

Yo no sabía adónde ir, y tener en la mano el bolso con el dinero me ponía un poco nerviosa, así que al final me marché. Me dirigí a Harold mirando el cielo, y pensé en las estrellas de Casiopea, separadas de mí y entre ellas por siglos luz de distancia.

Caminé balanceando el bolso en la mano. Apenas pesaba nada.

10

A la mañana siguiente mandé un mensaje a Daisy en cuanto me desperté:

Noticias importantes llámame cuando puedas.

Me llamó inmediatamente.

—Hola —le dije.

—Sé que es un bebé gigante —me contestó—, pero la verdad es que mirándolo bien está bueno. Y es bastante agradable, y sexualmente muy abierto, te hace sentir bien, aunque no hicimos nada.

—Me alegro mucho por ti, pero anoche...

—Y de verdad parecía que le gusto. En general me da la impresión de que asusto un poco a los chicos, pero él no estaba asustado. Te abraza y sientes su abrazo, ¿entiendes lo que quiero decir? Esta mañana ya me llamó, y me pareció bonito, no preocupante. Pero, por favor, no pienses que estoy convirtiéndome en la mejor amiga que se enamora y te deja plantada. Espera, ay, acabo de decir que me enamoré. Aún no llevamos veinticuatro horas en una relación y ya estoy hablando de amor. ¿Qué me está pasando? ¿Por qué este chico al que conozco desde secundaria es de repente tan increíble?

—¿Porque lees demasiados relatos de amor?

—Nada de eso —me contestó—. ¿Qué tal Davis?

—De eso quiero hablarte. ¿Podemos vernos? Es mejor que te lo muestre.

Quería ver su cara cuando viera el dinero.

—Desgraciadamente, ya voy a desayunar con alguien.

—Pensaba que no ibas a dejarme plantada —le dije.

—Y no te dejo plantada. Tengo que desayunar con el señor Charles Cheese. Por desgracia. ¿Puedes esperar al lunes?

—La verdad es que no —le contesté.

—De acuerdo. Salgo del trabajo a las seis. En el Applebee's. Aunque tendré que hacer varias cosas a la vez, porque estoy intentando acabar un relato... no te lo tomes como algo personal ¿ok? está llamándome tengo que irme gracias te quiero adiós.

Al dejar el teléfono vi que mi madre estaba en la puerta.

—¿Está todo bien? —me preguntó.

—Pareces el helicóptero turístico, mamá.

—¿Qué tal la cita con ese chico?

—¿Cuál de ellos? Hay muchos. Los tengo a todos en una hoja de cálculo para no hacerme bolas.

Por matar el tiempo, esa mañana eché un vistazo al archivo de Noah con las notas de su padre. Era una lista larga, aparentemente aleatoria, en la que había desde títulos de libros hasta citas.

Los mercados intentarán ser cada vez más libres
Valor de la experiencia
Piso quinto escalera uno
Desgracia - Coetzee

Seguía así durante muchas páginas, breves recordatorios para sí mismo que nadie más podía entender. Pero las cuatro últimas notas del archivo me interesaron:

Maldivas Kosovo Camboya
No cuentes lo nuestro a desconocidos
A menos que te cortes una pierna
La boca del corredor

Era imposible saber cuándo había escrito esas notas y si las había escrito todas a la vez, pero sin duda parecían relacionadas. Con una rápida búsqueda descubrí que Kosovo, Camboya y las Maldivas eran países sin tratado de extradición con Estados Unidos, lo cual quería decir que Pickett podría quedarse en ellos sin tener que enfrentarse a los cargos delictivos de su país. *No cuentes lo nuestro a desconocidos* era un libro de memorias de una mujer cuyo padre se había pasado años escapando de la ley. El primer resultado de la búsqueda «A menos que te cortes una pierna» era un artículo titulado «Cómo escapan los fugitivos de cuello blanco». La cita en cuestión aludía a lo difícil que es fingir tu propia muerte.

Pero no entendía lo que significaba «la boca del corredor», y en la búsqueda sólo di con personas corriendo con la boca abierta. Pero, claro, en nuestras aplicaciones de notas todos escribimos cosas ridículas que sólo tienen sentido para nosotros. Para eso son las notas. Quizás había visto a alguien corriendo que tenía una boca interesante. Lo sentí por Noah, pero al final dejé correr la lista.

Aquella tarde Harold y yo llegamos al Applebee's media hora antes. Por alguna razón, me daba miedo salir del coche, pero si bajaba la parte de en medio del asiento trasero de Harold, llegaba a la cajuela con la mano. Así que metí el brazo y busqué a tientas con la mano hasta que encontré el bolso con el dinero, el teléfono de mi padre y el cargador de coche.

Metí el bolso debajo del asiento del copiloto, enchufé el teléfono de mi padre y esperé a que se cargara lo suficiente para encenderlo.

Hacía años, mi madre había copiado todas las fotos y los emails de mi padre en una computadora y en varios discos duros, pero me gustaba ver las fotos en su teléfono, en parte porque siempre las había visto así, pero sobre todo porque el hecho de que fuera su teléfono tenía algo de mágico, un teléfono que seguía funcionando ocho años después de que el cuerpo de mi padre hubiera dejado de funcionar.

El teléfono se encendió y cargó la pantalla de inicio, una foto en la que estamos mi madre y yo en el Juan Solomon Park, yo a los siete años, en un columpio, tan inclinada hacia atrás que mi cara del revés estaba girada hacia la cámara. Mi madre siempre decía que yo recordaba las fotos, no lo que en realidad estaba pasando cuando las tomaron, pero aun así sentía que lo recordaba: mi padre empujándome en el columpio, su mano del tamaño de mi espalda, la certeza de que alejarme de él en el columpio también significaba volver a acercarme a él.

Pasé las fotos. Como casi todas las había tomado mi padre, él sale en muy pocas, pero se puede ver lo que él veía, lo que le parecía interesante, que era básicamente yo, mi madre y el cielo fragmentado por ramas de árboles.

Seguí pasando fotos, viéndonos cada vez más jóvenes. Mi madre en un triciclo diminuto conmigo, también diminuta, en los hombros, yo desayunando con la cara llena de azúcar y canela. Las únicas fotos en las que aparece mi padre son selfies, pero los celulares de entonces no tenían cámara frontal, así que tenía que disparar sin ver el encuadre. Las fotos estaban inevitablemente torcidas, alguno de nosotros cortado, pero en todas se me veía como mínimo a mí, abrazada a mi madre. Estaba muy pegada a mi madre.

Mi madre parecía muy joven en las fotos, con la cara muy lisa y delgada. Mi padre solía tomar cinco o seis fotos seguidas con la esperanza de que una saliera bien, y si las pasabas muy deprisa veías a mi madre cada vez más sonriente o dejando de sonreír, a mí con seis años moviendo los ojos a izquierda y derecha, pero la cara de mi padre nunca cambiaba.

Cuando se desplomó, en sus audífonos seguía sonando música. Lo recuerdo muy bien. Estaba escuchando una vieja canción de soul, con el volumen tan alto que salía por los audífonos mientras su cuerpo estaba acostado de lado. Estaba allí, con la podadora parada, cerca del único árbol de nuestro patio delantero. Mi madre me dijo que llamara a emergencias, y llamé. Le dije a la operadora que mi padre se había desmayado. Me preguntó si respiraba, yo se lo pregunté a mi madre y ella me dijo que no, y durante todo el tiempo por los audífonos salía el murmullo metálico de aquella canción incongruente.

Mi madre no dejó de hacerle reanimación cardiopulmonar hasta que llegó la ambulancia. Estaba muerto desde el principio, pero no lo sabíamos. No lo supimos seguro hasta que un médico abrió la puerta de la sala de espera sin ventanas del hospital y dijo: «¿Su marido tenía alguna enfermedad cardiaca?». En pasado.

Las fotos de mi padre que más me gustan son las que están desenfocadas, porque así está la gente en realidad, así que me paré en una de ellas, una foto que se había hecho él mismo con un amigo en el campo de basquetbol de los Pacers, que aparecía detrás, y los dos estaban borrosos.

Y entonces se lo dije. Le dije que me había caído un dinero, que iba a intentar hacer buen uso de él y que lo echaba de menos.

Guardé el teléfono y el cargador cuando apareció Daisy. Iba a entrar en el Applebee's cuando la llamé por la ventanilla abierta de Harold. Se acercó, entró y se sentó en el asiento del copiloto.

—¿Puedes llevarme a casa después? Mi padre tiene que llevar a Elena a una competencia de matemáticas.

—Sí, claro. Escucha, debajo de tu asiento hay un bolso —le dije—. No te vuelvas loca.

Extendió el brazo, sacó el bolso y lo abrió.

—Oh, carajo —susurró—. Por Dios, Holmesy, ¿qué es esto? ¿Es de verdad?

Se le salieron las lágrimas. Nunca había visto llorar a Daisy.

—Davis dijo que valía la pena, que prefería darnos él la recompensa que tenernos merodeando por ahí.

—¿Es de verdad?

—Eso parece. Creo que mañana me llamará su abogado.

—Holmesy, ¿esto son... esto son... esto son cien mil dólares?

—Sí, cincuenta mil para cada una. ¿Crees que podemos quedárnoslos?

—Carajo, sí, podemos quedárnoslos.

Le conté que Davis lo había llamado un pequeño descuadre, pero me preocupaba que pudiera ser dinero sucio, o estar aprovechándome de Davis, o... pero Daisy me hizo callar.

—Holmesy, ni se te ocurra decirme que lo noble es devolver el dinero.

—Pero... hemos conseguido este dinero sólo porque conocemos a alguien.

—Sí, y Davis Pickett consiguió este dinero sólo porque conocía a alguien, en concreto a su padre. No es ilegal ni poco ético. Es genial.

Daisy miraba por el parabrisas. Había empezado a lloviznar. Era uno de esos días nubosos de Indiana en que el cielo parece muy cerca del suelo.

En Ditch Road, un semáforo se puso en amarillo y después en rojo.

—Iré a la universidad —me dijo Daisy—. Y no por la noche.

—Bueno, no es suficiente para pagar toda la universidad.

Sonrió.

—Sí, ya sé que no es suficiente para toda la universidad, profesora Aguafiestas. Pero son cincuenta mil dólares, que harán que la universidad sea muchísimo más fácil —se giró hacia mí, me agarró del hombro y me sacudió—. HOLMESY, ALÉGRATE. SOMOS RICAS —jaló un billete de cien dólares de uno de los fajos y se lo metió en el bolsillo—. Vamos a cenar lo mejor que el Applebee's tenga en la carta.

En nuestra mesa de siempre, Daisy y yo dejamos impresionada a Holly al pedirle dos refrescos. Cuando volvió con las bebidas, le preguntó a Daisy:

—¿Quieres la hamburguesa texana?

—Holly, ¿qué carne es la mejor?

Holly, tan seria como de costumbre, le contestó:

—Ninguna es nada del otro mundo.

—Bueno, pues entonces quiero mi hamburguesa texana de siempre, pero de guarnición quiero también aros de cebolla. Y sí, ya sé que no están incluidos.

Holly asintió y dirigió la mirada hacia mí.

—Hamburguesa vegetariana —dije—. Sin queso, ni mayonesa, ni...

—Ya sé cómo la quieres —me interrumpió Holly—. ¿Cupón?

—Hoy no, Holly —le contestó Daisy—. Hoy no.

Pasamos casi toda la cena imaginando con todo detalle cómo Daisy dejaría su trabajo en Chuck E. Cheese's.

—Quiero ir mañana, como un día cualquiera, y cuando me toque ponerme el disfraz de ratón, me largo y me lo llevo. Cruzo la puerta, subo a mi coche nuevo, me llevo el ratón a casa, pido que lo disequen y lo cuelgo en la pared como un trofeo de caza.

—Qué raro eso de colgar en la pared las cabezas de los bichos que has matado —le dije—. La cabaña de Davis estaba llena de cabezas disecadas.

—Dímelo a mí —me dijo Daisy—. Mychal y yo estuvimos fajando debajo de la cabeza de un alce disecado, literalmente. Por cierto, gracias por interrumpirnos ayer, pervertida.

—Perdona, quería decirte que eras rica.

Se rio y volvió a mover la cabeza, como si no se lo creyera.

—Me encontré con Noah, por cierto, el hermano de Davis —seguí diciendo—. Me preguntó si sabía algo de su padre y me mostró esta lista de notas. Mira —le dije mostrándole la lista en mi celular—. Su última nota fue «la boca del corredor». ¿Te dice algo?

Daisy negó muy despacio con la cabeza.

—Me suena fatal —añadí—. Se echó a llorar y todo.

—Ese niño no es problema tuyo —me dijo Daisy—. No nos dedicamos a ayudar a multimillonarios huérfanos. Nos dedicamos a hacernos ricas, y el negocio va viento en popa.

—Bueno, cincuenta mil dólares no es ser rico —le dije—. Vaya, es menos de la mitad de lo que costaría la Universidad de Indiana.

La Universidad de Indiana estaba en Bloomington, a un par de horas de nuestra ciudad.

Daisy se quedó un buen rato callada, concentrada, con los ojos perdidos.

—Muy bien —me dijo por fin—. Hagamos un poco de cálculo mental. Cincuenta mil dólares son unas cinco mil novecientas horas en mi trabajo. Que son setecientos turnos de ocho horas, eso si puedes conseguir un turno completo, que normalmente no puedes, así que son dos años trabajando siete días por semana, ocho horas al día. Quizá no es ser rico para ti, Holmesy, pero para mí sí.

—Tienes razón —le dije.

—Y estaban metidos en una caja de Cheerios.

—Bueno, la mitad estaba en una caja de cereal de trigo.

—¿Sabes por qué eres una buena mejor amiga, Holmesy? Porque ni dudaste en contarme lo del dinero. Mira, me gustaría pensar que si nos sacáramos la lotería, te daría tu mitad, pero, para ser del todo sincera, tengo poca confianza en mí misma —le dio un mordisco a la hamburguesa y se lo tragó casi entero antes de decir—: Ese abogado no pretenderá recuperar el dinero, ¿verdad?

—No lo creo —le contesté.

—Deberíamos ir a un banco —me dijo—. Depositarlo ahora mismo.

—Davis me dijo que esperáramos a hablar con el abogado.

—¿Confías en él?

—Sí, confío en él.

—Ay, Holmesy, nos hemos enamorado las dos. Yo de un artista, y tú de un multimillonario. Por fin empezamos a vivir la vida que siempre hemos merecido.

Al final, la cena nos costó menos de treinta dólares, pero le dejamos a Holly una propina de veinte dólares por soportarnos.

11

A la mañana siguiente, estaba viendo videos en el celular cuando me entró una llamada.

—¿Hola? —dije.

—¿Aza Holmes?

—Soy yo.

—Soy Simon Morris. Creo que conoce a Davis Pickett.

—Espere un momento.

Me puse los zapatos, pasé por delante de mi madre, que corregía exámenes en la sala, delante de la tele, y salí. Crucé el patio y me senté frente a la casa.

—Ya estoy aquí, hola —le dije.

—Me dijeron que recibió un regalo de Davis.

—Sí —le dije—. Lo repartí con mi amiga. ¿Algún problema?

—Cómo maneje sus asuntos económicos no es cosa mía. Señorita Holmes, comprenderá que si una quinceañera entra en un banco con una colección de billetes de cien dólares, lo normal es que el banco sospeche, así que hablé con uno de nuestros banqueros del Second Indianapolis y ellos aceptarán el depósito. Le concerté una cita el lunes a las tres y cuarto de la tarde, en la sucursal de la calle 86 con College Avenue. Creo que sus clases terminan al cinco para las tres, así que le dará tiempo de llegar.

—¿Cómo sabe...?

—Soy meticuloso.

—¿Puedo hacerle una pregunta?

—Acaba de hacerlo —me comentó en tono seco.

—¿Se ocupa de los asuntos de Pickett en su ausencia?

—Correcto.

—Y si Pickett aparece...

—Entonces las alegrías y las penas de su vida volverán a ser suyas. Hasta entonces, algunas de ellas recaen en mí. ¿Puedo pedirle que vaya al grano?

—Estoy preocupada por Noah.

—¿Preocupada?

—Parece muy triste, y no tiene a nadie que se ocupe de él. En fin, ¿no tienen algún familiar?

—Ninguno con el que los Pickett tengan buena relación. El estado ha declarado a Davis menor emancipado y tutor legal de su hermano.

—No me refiero a un tutor legal. Me refiero a alguien que de verdad se ocupe de él, ya sabe. Davis no es un padre. No van a quedarse solos para siempre, ¿no? ¿Qué pasa si su padre murió o le pasó algo?

—Señorita Holmes, muerte legal no es lo mismo que muerte biológica. Confío en que Russell esté vivo tanto legal como biológicamente, pero sé que está legalmente vivo porque la ley de Indiana considera vivo a un individuo hasta que hay pruebas biológicas de que ha muerto o hasta que han pasado siete años desde la última evidencia de que estaba vivo. Así que el problema legal...

—No hablo de lo legal —le dije—. Sólo pregunto quién va a ocuparse de él.

—Pero yo sólo puedo responder a esa pregunta desde el punto de vista legal. Y la respuesta desde el punto de vista legal es que yo administro los asuntos económicos, la administradora de la casa administra los asuntos de la casa, y Davis es el tutor. Su preocupación es admirable, señorita Holmes, pero le aseguro que todo está controlado, legalmente. A las tres y cuarto mañana. Pregunte por Josephine Jackson. ¿Tiene alguna otra pregunta que tenga que ver con usted?

—Creo que no.

—Bien, tiene mi número. Que le vaya bien, señorita Holmes.

Al día siguiente me sentí muy bien en la prepa hasta que Daisy y yo nos dirigimos al banco. Yo conducía, Daisy me contaba que su último relato se había hecho viral en el mundo de los fans de Star Wars, que había tenido mucho éxito, que había tenido que pasarse toda la noche terminando un trabajo sobre *La letra escarlata* y que quizás ahora que iba a dejar el trabajo del Chuck E. Cheese's podría por fin dormir un poco, y me sentía bien. Me sentía una persona totalmente normal, que no vivía con un demonio que me obligaba a pensar pensamientos que odiaba pensar, y estaba diciéndome: «Esta semana he estado mejor. Quizás el medicamento esté funcionando», cuando de repente apareció el pensamiento: «El medicamento te ha hecho bajar la guardia, y esta mañana olvidaste cambiarte la curita».

Estaba casi segura de que me había cambiado la curita en cuanto me levanté, justo antes de lavarme los dientes, pero el pensamiento era insistente. «Creo que no te la has cambiado. Creo que es la curita de anoche.» Bueno, no es la curita de anoche porque sin duda me la cambié antes de comer. «¿Seguro que te la cambiaste?» Creo que sí. «¿CREES que sí?» Estoy casi segura. «Y la herida está abierta.» Eso era cierto. Aún no se había formado costra. «Y llevas la misma curita desde hace..., uf..., probablemente treinta y siete horas, dejando que la herida se pudra debajo de esa curita caliente y húmeda.» Miré la curita. Parecía nueva. «No te la has cambiado.» Creo que sí. «¿Estás segura?» No, pero ya es un avance que no esté comprobándolo cada cinco minutos. «Sí, un avance hacia la infección.» Me la cambiaré en el banco. «Seguramente ya es demasiado tarde.» Es ridículo. «En cuanto la infección llega al flujo sanguíneo...» Para no tiene sentido ni siquiera está rojo o hinchado. «Sabes que no tiene nada que ver...» Para, por favor, me la cambiaré en el banco... «SABES QUE TENGO RAZÓN.»

—¿Fui al baño antes de comer? —le pregunté a Daisy en voz baja.

—No lo sé —me contestó—. Mmm, llegaste después de nosotros, ¿no?

—Pero ¿no comenté nada?

—No, no dijiste: «Hola, compañeros, vengo del baño».

Me debatí entre la necesidad de parar el coche y cambiarme la curita, y la certeza de que Daisy creería que estaba loca. Me dije a mí misma que estaba bien, era una disfunción de mi cerebro, aquellos pensamientos sólo eran pensamientos, pero cuando volví a mirar la curita, vi que la yema estaba manchada. Veía la mancha. Sangre. O pus. Algo.

Paré en el estacionamiento de un oculista, me quité la curita y miré la herida. Estaba roja por los bordes. En la curita había sangre seca. Como si hiciera tiempo que no me la hubiera cambiado.

—Holmesy, estoy segura de que fuiste al baño. Siempre vas al baño.

—Ya no importa. Está infectada —le dije.

—No, no está infectada.

—¿Ves esto rojo? —Señalé la piel inflamada a ambos lados de la herida—. Es infección. Es un problema importante.

Casi nunca dejo que me vean el dedo sin curita, pero quería que Daisy lo entendiera. No era como las otras veces. No era una preocupación absurda, porque no era habitual que hubiera sangre seca, ni siquiera cuando el callo estaba rasgado. Eso quería decir que había llevado puesta la curita demasiado tiempo. No era normal. Aunque ¿no parecía cada vez diferente? No, esta vez parecía diferente de los demás diferentes. Había pruebas visibles de infección.

—Tu dedo parece lo que ha parecido cada vez que te has preocupado por él.

Me eché desinfectante en la cortada, sentí una quemazón profunda y punzante, abrí una curita nueva y me la puse en el dedo. Me quedé un momento sentada, incómoda, deseando estar sola, pero también aterrorizada. No podía quitarme de la cabeza la rojez y la hinchazón, mi piel respondiendo a la invasión de bacterias parásitas. Me odiaba a mí misma. Odiaba todo aquello.

—Oye —dijo Daisy poniéndome una mano en la rodilla—. No dejes que Aza sea cruel con Holmesy, ¿ok?

Esto era diferente. Ya no sentía el pinchazo del desinfectante, lo que quería decir que las bacterias volvían a reproducirse y a extenderse por el dedo hasta el flujo sanguíneo. ¿Por qué empecé a desgarrarme el callo? ¿Por qué no lo dejé tranquilo? ¿Por qué tenía que pasarme la vida abriéndome una herida precisamente en el dedo? Las manos son las partes más sucias del cuerpo. ¿Por qué no me pellizcaba el lóbulo de la oreja, la barriga o el tobillo? Seguramente yo misma me había matado de infección por culpa de un estúpido ritual infantil que ni siquiera demostraba lo que quería demostrar, porque lo que quería saber no podía saberse, porque era imposible estar seguro de nada.

«Sería mejor que volvieras a echarte desinfectante. Un par de veces más.» Eran las 15:12. Teníamos que ir al banco. Me quité la curita, me eché desinfectante y volví a ponerme una curita. Las 15:13.

—¿Quieres que conduzca yo? —me preguntó Daisy.

Negué con la cabeza. Arranqué a Harold. Me eché en reversa. Y volví a parar.

Me quité la curita y me eché más desinfectante. Esta vez no me picó tanto. Quizá significa que están casi todas muertas. O quizá significa que ya están muy profundas, que ya han llegado a la sangre. Mira otra vez. ¿Parece que ya no está tan hinchado? Sólo han pasado ocho minutos, muy poco tiempo para saberlo. Para. Las 15:15.

—Holmesy —me dijo Daisy—, tenemos que irnos. Puedo conducir yo.

Volví a decirle que no con la cabeza, me eché en reversa y esta vez conseguí avanzar.

—Ojalá lo entendiera —me dijo Daisy—. ¿Sirve de algo que te tranquilice o es mejor que también yo me preocupe? ¿Hay algo que te haga sentir mejor?

—Está infectado —susurré—. Y me lo hice yo. Como siempre. Abrí el callo y ahora ya se infectó.

Yo era un pez infectado por un parásito, acercándome a la superficie para que me comieran.

Cuando por fin llegamos al banco, me quedé atrás mientras Daisy preguntaba por la persona que estaba esperándonos. Nos acompañaron a una oficina de paredes de cristal de la parte de atrás, donde una mujer delgada con un traje de saco negro metió nuestro dinero en una máquina que contó los billetes. Llenamos un montón de formatos y al momento tuvimos cada una nuestra cuenta nueva. Nos dijeron que las tarjetas de débito nos llegarían en una semana, máximo diez días. La mujer nos dio cinco cheques por si necesitábamos dinero antes de que nos llegaran las chequeras, nos aconsejó que no hiciéramos grandes gastos durante al menos seis meses, «mientras aprenden a vivir con este dinero que les ha caído del cielo», empezó a hablar de dónde podríamos meter el dinero —cuentas de ahorro para la universidad, fondos de inversión, bonos o acciones—, y yo intentaba prestarle atención, pero el problema era que en realidad yo no estaba en el banco. Estaba dentro de mi cabeza, el torrente de pensamientos gritaba que había sellado mi destino por no haberme cambiado la curita en un día entero, que era demasiado tarde, y ahora sentía el dedo caliente, me dolía, y sabes que es real cuando lo sientes físicamente, porque los sentidos no engañan. ¿O sí? Pensé «Ya está», y lo que estaba pasando era demasiado aterrador y amplio para nombrarlo con un sustantivo.

De camino a casa de Daisy olvidaba todo el rato por qué estaba parada en un semáforo, soltaba el freno de Harold, pero de repente miraba hacia arriba y lo veía, ah, ok. Está en rojo.

Se habla mucho de las ventajas de la locura. La doctora Karen Singh me citó una vez a Edgar Allan Poe: «La ciencia no nos ha enseñado aún si la locura es o no lo más sublime de la inteligencia». Supongo que intentaba que me sintiera mejor, pero creo que los trastornos mentales están enormemente sobrevalorados. En mi experiencia, que admito que es limitada, la locura no va acompañada de súper poderes. Estar mal mentalmente no te hace más inteligente que estar resfriado. Así que sé que debería haber sido una brillante detective o algo así, pero en realidad era una de las personas menos observadoras que he conocido nunca. De camino a casa de Daisy y luego a la mía, no fui consciente de absolutamente nada de lo que pasaba fuera de mí.

Al llegar a casa fui al baño y examiné la cortada. Parecía que no estaba tan hinchada. Quizá. Quizás en el baño no había suficiente luz para que la viera bien. Me limpié el dedo con agua y jabón, me lo sequé, me eché desinfectante y volví a ponerme una curita. Tomé mi medicamento habitual, y a los pocos minutos también una pastillita alargada que me dijeron que me tomara cuando tuviera ataques de pánico.

Dejé que la pastilla se me deshiciera en la lengua, tenía un sabor dulzón, y esperé a que empezara a hacer efecto. Estaba segura de que algo iba a matarme, y por supuesto tenía razón: algo va a matarte, algún día, y no puedes saber si ese día es hoy.

Al rato me pesaba la cabeza, así que me senté en el sofá, delante de la tele. Como no tenía fuerzas para encenderla, observé la pantalla negra.

La pastilla alargada me dejaba atontada, pero sólo desde la nariz hacia arriba. Sentía el cuerpo como siempre, roto y deficiente, pero mi cerebro parecía blando y agotado, como las piernas tambaleantes de un corredor después de un maratón. Mi madre llegó a casa y se dejó caer en el sofá, a mi lado.

—Un día muy largo —me dijo—. El problema no son los alumnos, Aza. Los que hacen que mi trabajo sea tan duro son los padres.

—Lo siento —le dije.

—¿Qué tal te fue a ti?

—Bien —le contesté—. No tengo fiebre, ¿verdad?

Mi madre me colocó la palma de la mano en la frente.

—Creo que no. ¿Te sientes mal?

—Sólo cansada, creo.

Mi madre encendió la tele, y le dije que iba a acostarme y a hacer la tarea.

Leí un rato mi libro de Historia, pero mi conciencia parecía una cámara con el objetivo sucio, así que decidí mandar un mensaje a Davis.

YO: Hola.

ÉL: Hola.

YO: ¿Cómo estás?

ÉL: Bastante bien, ¿y tú?

YO: Bastante bien.

ÉL: Sigamos con este incómodo silencio en persona.

YO: ¿Cuándo?

ÉL: El jueves por la noche hay lluvia de estrellas. Puede estar bien si no hay muchas nubes.

YO: Genial. Nos vemos el jueves. Tengo que irme ha llegado mi madre.

En realidad había asomado la cabeza por la puerta.

—¿Qué pasa? —le pregunté.

—¿Quieres que hagamos la cena juntas?

—Tengo que estudiar.

Entró y se sentó en mi cama.

—¿Estás asustada? —me preguntó.

—Un poco.

—¿De qué?

—No funciona así. La frase no tiene objeto. Simplemente estoy asustada.

—No sé qué decir, Aza. Veo el sufrimiento en tu cara y quiero arrancártelo.

Odiaba hacerle daño. Odiaba hacerla sentir inútil. Lo odiaba. Mi madre me pasaba los dedos por el pelo.

—Todo está bien —me dijo—. Todo está bien. Estoy aquí. No voy a irme.

Sentí que me ponía un poco tensa mientras mi madre jugaba con mi pelo.

—Quizá sólo necesitas dormir bien toda la noche —me dijo por fin.

La misma mentira que yo le había dicho a Noah.

12

La mañana de la lluvia de estrellas llegué a la prepa con Harold y vi un Volkswagen Beetle naranja en el lugar en el que yo solía estacionarme. Mientras me estacionaba al lado, vi a Daisy sentada en el asiento del conductor. Bajé la ventanilla y le dije:

—¿No nos dijo la banquera Josephine que no compráramos nada en seis meses?

—Lo sé, lo sé —me contestó—. Pero conseguí que el señor de la agencia de coches me lo rebajara de diez mil dólares a ocho mil cuatrocientos, así que en realidad ahorré dinero. ¿Sabes cómo se llama este color? —chilló—. ¡Naranja chillón! Porque es verdad que chilla.

—No malgastes el dinero, ¿sí?

—No te preocupes, Holmesy. Este coche se revalorizará. Liam es una futura pieza de colección. Le puse Liam, por cierto.

Sonreí. Era una broma entre nosotras que nadie más entendería.

Al cruzar el estacionamiento, Daisy me pasó un libro muy grueso, la *Guía Fiske de universidades*.

—También me compré esto, pero resulta que no lo necesito, porque ya decidí que iré a la Universidad de Indianápolis. Siempre he sabido que la universidad era cara, pero algunas cuestan casi cien mil dólares al año. ¿Qué hacen allí? ¿Dan las clases en yates? ¿Vives en un castillo y los criados son elfos? Ni siquiera ahora que soy rica puedo pagarme una universidad cara.

«Seguro que no si te dedicas a comprarte coches», quise decirle, pero le pregunté por la desaparición de Pickett.

—¿Has pensado qué puede ser «la boca del corredor»?

—Holmesy —me dijo—, tenemos la recompensa. Se acabó.

—Sí, lo sé —le dije.

Y antes de que me hubiera dado tiempo a decir nada más, Daisy vio a Mychal en el estacionamiento y corrió a abrazarlo.

Me pasé la mañana perdida en el libro de universidades de Daisy. Cada vez que sonaba el timbre, me cambiaba de clase, me sentaba en otro pupitre y seguía leyendo la guía, que me colocaba en las rodillas por debajo de la mesa. Nunca había pensado en ir a una universidad que no fuera la de Indiana o Purdue —mi madre había ido a la de Indiana, y mi padre a Purdue—, y las dos eran baratas comparadas con lo que costaba ir a una universidad de otro estado.

Pero al recorrer los cientos de facultades del libro, que las calificaba en todos los aspectos, desde los académicos hasta la calidad de la cafetería, no podía evitar imaginarme en alguna pequeña facultad en lo alto de una colina, en medio de ninguna parte, con edificios de hacía doscientos años. Me enteré de que en una facultad podías sentarte en el mismo sitio de la biblioteca en el que se sentaba Alice Walker. Tenía que admitir que cincuenta mil dólares no era ni una pequeña parte de la inscripción, pero quizá podría conseguir una beca. Tenía buenas calificaciones, y los exámenes se me daban bien.

Me permití imaginarme en clases de Geografía Política y de Escritoras Británicas del Siglo XIX, en salones pequeños, todos sentados en grupo. Imaginé el crujido de los adoquines bajo mis pies yendo de la clase a la biblioteca, donde estudiaría con amigos, y luego, antes de cenar en la cafetería, en la que habría de todo, desde cereal hasta sushi, pararíamos en la cafetería de la facultad y hablaríamos de filosofía, de sistemas de poder o de cualquiera de los temas de los que se habla en la facultad.

Me divertía imaginar las posibilidades. ¿Costa Oeste o Costa Este? ¿Ciudad o campo? Sentía que podría acabar en cualquier sitio, e imaginar todos los futuros que podría tener, todas las Azas que podría llegar a ser, me proporcionaba la magnífica posibilidad de descansar de la vida con el yo que era en ese momento.

No aparté los ojos del libro hasta la hora de comer. Al otro lado de la mesa, Mychal trabajaba en un nuevo proyecto artístico —trazaba meticulosamente las ondas de alguna canción en un papel fino, casi transparente— mientras Daisy contaba a nuestros compañeros de mesa que se había comprado un coche, sin mencionar de dónde había sacado el dinero. Tras haber dado un par de mordiscos a mi sándwich, saqué el celular y mandé un mensaje a Davis. ¿A qué hora esta noche?

> ÉL: Parece que esta noche estará nublado, así que nos quedamos sin lluvia de estrellas.
>
> YO: Mi principal interés no es la lluvia de estrellas.
>
> ÉL: Ah. ¿Después de clase entonces?
>
> YO: Voy a ver a Daisy para hacer tarea. ¿A las siete?
>
> ÉL: Perfecto.

Después de clase, Daisy y yo nos encerramos un par de horas en mi habitación para estudiar.

—Sólo hace tres días que dejé el trabajo, y ya me sorprende que la prepa me parezca mucho más fácil —dijo abriendo la mochila.

Sacó una laptop nueva y la dejó en mi mesa.

—Por Dios, Daisy, no te lo gastes todo de golpe —le dije en voz baja para que mi madre no lo oyera.

Daisy me lanzó una mirada asesina.

—¿Qué pasa? —le pregunté.

—Tú ya tenías coche y computadora —me dijo.

—Sólo te digo que no te lo gastes todo.

Puso los ojos en blanco un segundo, y volví a decirle «¿qué pasa?», pero desapareció en su mundo online. Veía su pantalla desde la cama. Daisy echaba un vistazo a los comentarios de sus relatos mientras yo leía un ensayo de *El Federa-*

lista de Alexander Hamilton para la asignatura de Historia. Leía las palabras, pero no las entendía, así que volvía atrás y leía el mismo párrafo una y otra vez.

Daisy se quedó callada unos minutos, pero al final dijo:

—Hago grandes esfuerzos por no juzgarte, Holmesy, así que me encabrona un poco que me juzgues tú a mí.

—No estoy juzgándote...

—Sé que crees que eres pobre, pero no tienes ni idea de lo que es ser pobre de verdad.

—Ok, no volveré a decirte nada —le dije.

—Estás encerrada en ti misma —me dijo—. Es como si de verdad no pudieras pensar en nadie más.

Me sentía cada vez más pequeña.

—Lo siento, Holmesy —siguió diciéndome—, no debería decírtelo. Pero a veces es frustrante.

Como no contesté, siguió hablando:

—No digo que seas mala amiga ni nada de eso. Pero te torturas un poco, y a veces tu manera de torturarte también nos duele a los que te rodeamos.

—Mensaje recibido —le dije.

—No quiero parecer una cabrona.

—No lo pareces —le dije.

—Pero ¿entiendes lo que quiero decirte? —me preguntó.

—Sí —le contesté.

Estudiamos en silencio una hora más, y luego me dijo que tenía que ir a cenar con sus padres. Cuando se levantó para marcharse, las dos dijimos «Lo siento» a la vez, y nos reímos. A las 18:52, cuando Davis me mandó un mensaje, ya lo había olvidado.

ÉL: Estoy en la puerta de tu casa. ¿Entro?

YO: No no no no no no salgo enseguida.

Mi madre estaba vaciando el lavavajillas.

—Salgo a cenar —le dije.

Tomé la chamarra y salí antes de que pudiera preguntarme nada.

—Hola —me dijo Davis cuando subí a su coche.

—Hola —le contesté.

—¿Ya cenaste? —me preguntó.

—No tengo hambre, pero podemos ir a buscar algo si quieres cenar —le dije.

—Estoy bien —me dijo echándose en reversa—. La verdad, odio comer. Siempre he tenido problemas estomacales.

—Yo también —le dije, y entonces empezó a sonar mi celular—. Es mi madre. No digas nada —pulsé para responder—. Hola.

—Dile al que conduce el coche negro que dé media vuelta inmediatamente y vuelva a casa.

—Mamá.

—No vas a seguir saliendo con él si no lo conozco.

—Ya lo conociste. Cuando teníamos once años.

—Soy tu madre, y él es tu... lo que sea, y quiero hablar con él.

—Muy bien —le dije, y colgué—. Tenemos... tenemos que entrar en mi casa, si no te importa, para que conozcas a mi madre.

—Genial.

Algo en su voz me recordó que su madre había muerto, y pensé en que todo el mundo parecía un poco incómodo cuando hablaba de su padre delante de mí. Siempre parecía preocuparles que yo recordara que no tenía padre, como si pudiera olvidarlo.

No era consciente de lo pequeña que era mi casa hasta que vi a Davis viéndola. No me había fijado en el suelo de la cocina levantado por las esquinas, en las pequeñas grietas de las paredes, en nuestros muebles, que tenían más años que yo, en las estanterías, todas diferentes.

Davis parecía enorme y fuera de lugar en nuestra casa. No recordaba la última vez que había visto a un chico en aquella sala. No medía mucho más de metro ochenta, pero de alguna manera su presencia hacía que el techo pareciera bajo. Me avergonzaba de nuestros viejos libros llenos de polvo y de las paredes, que no estaban decoradas con obras de arte, sino con fotos familiares. Sabía que no debía avergonzarme, pero igualmente me avergonzaba.

—Encantado de verla, señora Holmes —dijo Davis tendiéndole la mano.

Mi madre lo abrazó. Nos sentamos los tres en la mesa de la cocina, en la que casi nunca había más de dos personas, mi madre y yo. Parecía abarrotada.

—¿Cómo estás, Davis? —le preguntó mi madre.

—Estoy bien. Seguramente sabe que soy algo parecido a un huérfano, pero estoy bien. ¿Y usted?

—¿Quién se ocupa de ustedes ahora? —le preguntó.

—Bueno, todo el mundo y nadie, supongo —le contestó—. En fin, tenemos una mujer que lleva la casa, y un abogado que se ocupa del dinero.

—Estudias en el Aspen Hall, ¿verdad?

Cerré los ojos e intenté rogarle telepáticamente a mi madre que no lo atacara.

—Sí.

—Aza no es una chica del otro lado del río.

—Mamá —dije.

—Y sé que puedes tener cualquier cosa en cuanto la quieres, y que eso puede hacer que una persona crea que el mundo es suyo, que las personas son suyas. Pero espero que entiendas que no tienes derecho a...

—Mamá —repetí.

Le lancé a Davis una mirada de disculpa, pero no la vio, porque estaba mirando a mi madre. Empezó a decir algo, pero tuvo que parar, porque se le habían llenado los ojos de lágrimas.

—Davis, ¿estás bien? —le preguntó mi madre.

Davis volvió a intentar decir algo, pero le salió un sollozo.

—Davis, lo siento, no me había dado cuenta de que...

—Lo siento —dijo Davis ruborizándose.

Mi madre empezó a extender una mano, pero se detuvo.

—Sólo quiero que te portes bien con mi hija —le dijo—. Es la única que tengo.

—Tenemos que irnos —dije yo.

Mi madre y Davis siguieron mirándose fijamente, pero al final mi madre dijo:

—A las once en casa.

Tomé a Davis del brazo, lo jalé hasta la puerta y al salir le lancé a mi madre una mirada asesina.

—¿Estás bien? —le pregunté en cuanto estuvimos a salvo en su Escalade.

—Sí —me contestó en voz baja.

—Sólo es demasiado protectora.

—Lo entiendo —me dijo.

—No tienes que sentirte incómodo.

—No me siento incómodo.

—Pues ¿cómo te sientes?

—Es complicado.

—Tengo tiempo —le dije.

—Se equivoca al pensar que puedo tener lo que quiera cuando quiera.

—¿Qué quieres y no tienes? —le pregunté.

—Una madre, para empezar.

Se echó en reversa y salimos del camino de mi casa.

No sabía qué decir, así que al final sólo le dije:

—Lo siento.

—¿Conoces esa parte de «El segundo advenimiento» de Yeats que dice: «Los mejores no tienen convicción, y los peores rebosan de febril intensidad»?

—Sí, lo leímos en clase.

—Creo que en realidad es peor no tener convicción. Porque en ese caso sólo sigues la corriente, ¿sabes? No eres más que una burbuja en la corriente del imperio.

—Bonita frase.

—Se la robé a Robert Penn Warren —me dijo—. Mis frases buenas siempre son robadas. No tengo la menor convicción.

Cruzamos el río. Al mirar hacia abajo, vi la Isla de los Piratas.

—A tu madre le importa una mierda, ¿sabes? Casi todos los adultos están vacíos. Los ves intentando llenarse de alcohol, o de dinero, o de Dios, o de fama, o de lo que idolatren, y eso los pudre por dentro hasta que sólo queda el dinero, o el alcohol, o el Dios que creían que iba a salvarlos. Así es mi padre. En realidad desapareció hace mucho, y quizá por eso no me importó demasiado. Ojalá estuviera aquí, pero llevo mucho tiempo deseándolo. Los adultos creen que controlan el poder, pero es el poder el que los controla a ellos.

—El parásito cree que él es el huésped —le dije.

—Sí —me dijo—. Exacto.

Al acercarnos a la casa de los Pickett, vi que una esquina de la enorme mesa del comedor estaba preparada para dos personas. Una vela titilaba en medio, y una tenue luz dorada iluminaba la planta baja de la casa. Tenía el estómago revuelto, no tenía ganas de comer, pero entré con Davis.

—Creo que Rosa nos preparó la cena —me dijo—. Deberíamos comer al menos un poco para no ser maleducados.

»Hola, Rosa —dijo—. Gracias por haberte quedado hasta tan tarde.

La mujer le dio un gran abrazo.

—Hice espagueti. Vegetariano.

—No era necesario —dijo Davis.

—Mis hijos ya son mayores, así que Noah y tú son los únicos niños que me quedan. Y si me dices que tienes una cita con tu nueva novia...

—No es mi novia —lo interrumpió Davis—. Es una vieja amiga.

—Las viejas amigas son las mejores novias. Come. Nos vemos mañana —volvió a abrazarlo y le dio un beso en la mejilla—. Súbele algo a Noah para que no se muera de hambre, y recoge los platos. No cuesta tanto vaciar los platos y meterlos en el lavavajillas, Davis.

—Entendido —le dijo.

—Qué rara es tu vida —le dije mientras nos sentábamos en la mesa preparada para dos, con un Dr Pepper delante de mi lugar y un Mountain Dew delante del suyo.

—Supongo —me contestó. Levantó su lata de refresco—. Por lo raro.

—Por lo raro.

Chocamos las latas y dimos un sorbo.

—Actúa como una madre —le dije.

—Sí, bueno, me conoce desde que yo era niño. Y se preocupa por nosotros. Pero también le pagan para que se preocupe por nosotros, ¿sabes? Y si no le pagaran... Bueno, tendría que buscarse otro trabajo.

—Sí —le dije.

Pensé que uno de los rasgos que caracterizan a los padres es que no les pagan para quererte.

Me preguntó cómo me había ido en clase y le conté que había discutido con Daisy. Le pregunté cómo le había ido a él y me dijo:

—Bien. En la prepa corre el rumor de que maté no sólo a mi padre, sino también a mi madre... En fin. No sé. No debería permitir que me afectara.

—Afectaría a cualquiera.

—Yo puedo aguantarlo, pero me preocupa Noah.

—¿Cómo está?

—Ayer se metió en la cama conmigo y lloró. Me sentí tan mal que le presté mi Iron Man.

—Lo siento —le dije.

—Es que... Supongo que llega un momento en que te das cuenta de que los que te cuidan sólo son personas, de que no tienen súper poderes y de que en realidad no pueden impedir que te hagas daño. Y eso es una cosa. Pero Noah está empezando a entender que quizá la persona a la que creía un súper héroe resulta que es el malo. Y eso sí es una mierda. Sigue pensando que mi padre volverá a casa y demostrará su inocencia, y no sé cómo decirle que nuestro padre no es inocente.

—¿Te dice algo la expresión «la boca del corredor»?

—No, pero la policía también me lo preguntó. Me dijeron que estaba en el teléfono de mi padre.

—Sí.

—Bueno, mi padre es muchas cosas... pero corredor no es una de ellas. Cree que el deporte no tiene importancia, porque Tua abrirá la puerta a la vida eterna.

—¿En serio?

—Sí, cree que Malik conseguirá identificar algún factor en la sangre de los tuátaras que hace que tarden en envejecer, y entonces «curará la muerte» —dijo Davis haciendo con los dedos el gesto de poner comillas—. Por eso en su testamento se lo deja todo a Tua... Cree que será recordado como el hombre que acabó con la muerte.

Le pregunté si de verdad Tua recibiría todo el dinero de su padre, y Davis se rio un poco.

—Todo —me contestó—. La empresa, la casa, la finca. Bueno, Noah y yo tenemos bastante dinero para la universidad y todo lo demás, pero no seremos ricos.

—Si tienen bastante dinero para la universidad y todo lo demás, son ricos.

—Cierto. Y mi padre no nos debe nada. Sólo me gustaría que se portara como un padre, ya me entiendes. Llevar a mi hermano a la escuela por la mañana, asegurarse de que hace la tarea, no desaparecer en plena noche porque lo persigue la justicia, etcétera.

—Lo siento.

—Lo dices mucho.

—Lo siento mucho.

Levantó la mirada hacia mí.

—¿Te has enamorado alguna vez, Aza?

—No. ¿Y tú?

—No —miró mi plato y dijo—: De acuerdo, si ninguno de los dos va a comer, podríamos salir. Quizá veamos un claro entre las nubes.

Nos pusimos la chamarra y salimos. Como hacía viento, avancé inclinando la cabeza hacia el pecho, pero al echar un vistazo hacia Davis vi que él miraba hacia arriba.

Vi a cierta distancia que alguien había trasladado dos camastros de la alberca al campo de golf, junto a una de las banderas que señalaban los hoyos. El viento sacudía la bandera, y yo oía el ruido blanco del tráfico en la distancia, pero por lo demás todo estaba en silencio, el frío había silenciado a las cigarras y a los grillos. Nos acostamos en los camastros, muy cerca, aunque sin tocarnos, y miramos el cielo un rato.

—Qué decepción —me dijo.

—Pero aun así está sucediendo, ¿no? Hay lluvia de estrellas. Sólo que no la vemos.

—Correcto —me dijo.

—¿Y cómo sería? —le pregunté.

—¿Qué?

—Que qué vería si no estuviera nublado.

—Bueno —sacó el celular y abrió una aplicación de astronomía—. Por aquí, en el hemisferio norte, está la constelación de Draco, que a mí me parece más una cometa que un dragón, pero, en fin, se verían meteoros por aquí. Como esta noche no hay mucha luna, seguramente verías de cinco a diez meteoros por hora. Básicamente, nos movemos entre polvo que dejó un cometa llamado Giacobini-Zinner, y sería súper bonito y romántico si no viviéramos en la encapotada Indiana.

—Es súper bonito y romántico —le dije—, sólo que no lo vemos.

Pensé en él preguntándome si me había enamorado alguna vez. Es una curiosa manera de decirlo, *en*-amorado, como si el amor fuera un mar en el que te ahogas o una ciudad en la que vives. No estás enamistado, ni encabronado, ni enilusionado. Pero enamorado sí. Y quería decirle que aunque nunca me había enamorado, sabía lo que era estar *en* un sentimiento, estar no sólo rodeada por él sino también impregnada de él, algo así como lo que decía mi abuela de Dios, que estaba en todas partes. Cuando mis pensamientos formaban una espiral, yo estaba *en* la espiral, y formaba parte de ella. Y quería decirle que la idea de estar en un sentimiento daba al lenguaje algo que yo nunca había descrito, le daba una forma, pero no se me ocurría cómo decir estas cosas en voz alta.

—No sé si esto es un silencio normal o un silencio incómodo —me dijo Davis.

—Lo que me llama la atención del poema «El segundo advenimiento»... ¿sabes cuando habla de la espiral que aumenta?

—De la espiral creciente —me corrigió—. «Dando vueltas y vueltas en la espiral creciente.»

—Ok, da igual, la espiral creciente. Pero lo que de verdad asusta no es dar vueltas y vueltas en la espiral creciente, sino dar vueltas y vueltas en la espiral que se hace cada vez más estrecha. Ser absorbido por un remolino que encoge cada vez más tu mundo hasta que giras sin moverte, encerrado en una celda que es exactamente de tu tamaño, hasta que al final te das cuenta de que en realidad no estás en una celda. Tú eres la celda.

—Deberías escribir una réplica —me dijo—. A Yeats.

—No soy poeta —le dije.

—Hablas como un poeta —me dijo—. Si escribieras la mitad de las cosas que dices, tendrías poemas mejores que cualquiera de los que he escrito yo.

—¿Escribes poesía?

—En realidad no. Nada bueno.

—¿Como qué? —le pregunté.

Era mucho más fácil hablar con él en la oscuridad, mirando los dos el mismo cielo en lugar de mirándonos. Era como si no tuviéramos cuerpo, como si sólo fuéramos voces hablando.

—Si alguna vez escribo algo de lo que me sienta orgulloso, te lo dejaré leer.

—Me gusta la poesía mala —le dije.

—No me pidas que te enseñe mis poemas tontos, por favor. Leer los poemas de alguien es como verlo desnudo.

—Entonces estoy básicamente diciendo que quiero verte desnudo —le dije.

—No son más que tonterías.

—Quiero oír una.

—Está bien, el año pasado escribí una que se titulaba «Los últimos patos de otoño».

—Y dice...

—«Las hojas se han ido / como deberías hacer tú / si fuera tú ya habría partido / pero aquí estoy / a solas voy / en el helado amanecer.»

—Me gusta bastante —le dije.

—Me gustan los poemas cortos con rima extraña, porque así es la vida.

—¿Así es la vida?

Intentaba entender lo que quería decir.

—Sí. Rima, pero no como esperas.

Lo miré. De repente deseaba tanto a Davis que ya no me importaba por qué lo deseaba, si lo deseaba en mayúsculas o en minúsculas. Extendí el brazo, toqué su fría mejilla con mi fría mano y empecé a besarlo.

Cuando nos separamos para respirar, sentí sus manos en mi cintura.

—Yo..., uf..., guau —me dijo.

Le sonreí con suficiencia. Me gustaba sentir su cuerpo pegado al mío, su mano recorriendo mi columna vertebral.

—¿Tienes más poemas?

—Últimamente he intentado escribir pareados. Cosas de la naturaleza. Como «el narciso sabe más de la primavera / que las rosas de lo que sea».

—Vaya, también vale —le dije, y volví a besarlo.

Sentí mi pecho tensándose, sus labios fríos y su boca caliente, sus manos acercándome a él por encima de las capas de ropa.

Me gustaba fajar con él con tantas capas de ropa. Nuestra respiración le empañaba los lentes mientras nos besábamos, y él intentó quitárselos, pero se los empujé nariz arriba y los dos nos reímos, y entonces empezó a besarme en el cuello, y un pensamiento me vino a la mente: su lengua había estado en mi boca.

Me dije a mí misma que me quedara en ese momento, que me permitiera sentir su calidez en mi piel, pero ahora su lengua estaba en mi cuello, húmeda, viva y llena de microbios, y su mano se introducía por debajo de mi chamarra, sus fríos dedos contra mi piel. Todo está bien estás bien bésalo y nada más «tienes que comprobar una cosa» todo está bien carajo sé normal «comprueba si te pega sus microbios» miles de millones de personas se besan y no se mueren «sólo asegúrate de que sus microbios no van a colonizarte permanentemente» vamos por favor para «podría tener *campylobacter* podría ser portador asintomático de *E. coli* si te contagias tendrás que tomar antibióticos y entonces te contagiarás de *C. diff* y bum muerta en cuatro días» por favor para de una puta vez y bésalo «COMPRUÉBALO PARA ASEGURARTE».

Me aparté.

—¿Estás bien? —me preguntó.

Asentí.

—Sólo necesito un poco de aire.

Me incorporé, me alejé de él, saqué el celular, busqué «bacterias que se transmiten al besar» y pasé de largo varios resultados pseudocientíficos hasta llegar al único estudio real sobre el tema. En cada beso se intercambian unos ochenta millones de microbios, y «tras seis meses de seguimiento, los microbiomas del intestino humano parecen alterados, sólo ligeramente, pero en todos los casos».

Sus bacterias estarían dentro de mí para siempre, ochenta millones de bacterias, reproduciéndose, creciendo, uniéndose a mis bacterias y produciendo sabrá Dios qué.

Sentí su mano en mi hombro. Me giré y me solté. Me costaba respirar. Veía puntos. Estás bien ni siquiera es el primer chico al que besas «ochenta millones de organismos dentro de mí para siempre» cálmate «alterando permanentemente el microbioma» esto no tiene sentido «tienes que hacer algo» por favor «aún tiene arreglo» por favor «ve al baño».

—¿Qué ocurre?

—Ah, nada —le dije—. Sólo necesito ir al baño.

Saqué de nuevo el celular para releer el estudio, pero me contuve, lo cerré y volví a metérmelo en el bolsillo. Pero no, tenía que comprobar si decía alterados ligeramente o moderadamente. Saqué otra vez el teléfono y abrí el estudio. Ligeramente. Muy bien. Ligeramente es mejor que moderadamente. «Pero en todos los casos.» Mierda.

Sentía náuseas y asco, pero también me sentía patética. Sabía cómo me veía Davis. Sabía que mi locura ya no era una excentricidad, una simple cuestión de desgarrarse la yema del dedo. Ahora era molesto, como lo era para Daisy, como lo era para cualquiera que se acercaba a mí.

Tenía frío, pero aun así empecé a sudar. Me subí el cierre de la chamarra hasta la barbilla mientras me dirigía a la casa. No quería correr, pero cada segundo era importante. Necesitaba llegar al baño. Davis me abrió la puerta de atrás y me señaló un baño para invitados al fondo de un pasillo. Cerré la puerta con pasador, gritándome a mí misma por dentro, y me apoyé en la encimera. Me desabroché la chamarra y me miré en el espejo. Me quité la curita, me abrí la cortada con la uña, me lavé las manos y me puse otra curita. Busqué en los cajones del armario del lavabo algún enjuague bucal, pero no había ninguno, así que al final me llené la boca de agua fría y la escupí.

«¿Todo bien?», me pregunté a mí misma, y contesté: «Una vez más para asegurarte», así que volví a llenarme la boca de agua y a escupirla. Me sequé la cara sudorosa con papel higiénico y volví a la luz dorada de la mansión.

Davis me indicó con un gesto que me sentara y me pasó un brazo por los hombros. No quería tener tan cerca su microbiota, pero no le aparté el brazo porque no quería parecer una friki.

—¿Estás bien?

—Sí. Sólo un poco asustada.

—¿Hice algo que no debía? ¿Debería...?

—No, no tiene que ver contigo.

—Puedes decírmelo.

—No tiene que ver contigo, de verdad —le dije—. Es sólo que besarnos me asustó un poco, supongo.

—De acuerdo, pues no nos besamos. No hay problema.

—Lo habrá —le dije—. Tengo... espirales de pensamientos, y no puedo salir de ellas.

—Dando vueltas y vueltas en la espiral que se hace cada vez más estrecha.

—Así soy... y la cosa no mejora. Mejor que lo sepas.

—No tengo prisa.

Me incliné hacia adelante y miré el suelo de madera.

—Lo que quiero decir es que no va a dejar de pasarme. Me pasa desde que tengo memoria, y no mejora, y no puedo llevar una vida normal si no puedo besar a alguien sin que me dé un ataque de pánico.

—No pasa nada, Aza. De verdad.

—Ahora quizá lo pienses, pero no lo pensarás siempre.

—Pero ahora no es siempre —me dijo—. Ahora es ahora. ¿Te traigo algo? ¿Un vaso de agua o algo?

—¿Podemos... podemos ver una película o hacer algo?

—Sí —me contestó—. Por supuesto.

Me tendió la mano, pero me levanté sola. Mientras bajábamos al sótano, Davis me dijo:

—Aquí, en la residencia de los Pickett, tenemos dos tipos de películas: *Star Wars* y *Star Trek*. ¿Qué prefieres?

—No soy muy fan de las películas del espacio —le contesté.

—Genial, entonces veremos *Star Trek IV. Misión: salvar la Tierra*, el cuarenta por ciento transcurre en la Tierra.

Lo miré y sonreí, pero no pude echar el lazo a mis pensamientos, que galopaban por mi cerebro.

Bajamos al sótano, donde toqué la novela de F. Scott Fitzgerald para que se abriera la librería. Me senté en una butaca reclinable de piel acolchada, dando gracias por que entre los asientos hubiera reposabrazos. Davis apareció con un Dr Pepper, lo dejó en el hueco de mi reposabrazos y se sentó a mi lado.

—¿Cómo te las arreglas para ser la mejor amiga de Daisy si no te gustan las películas de ciencia ficción?

—Las veo con ella, pero no me encantan —le contesté.

«Está intentando tratarte como si fueras normal y tú intentas contestarle como si fueras normal, pero aquí todos sabemos que seguro que no eres normal. La gente normal puede besarse si quiere besarse. La gente normal no suda como tú. La gente normal elige sus pensamientos igual que elige qué ver en la tele. En esta conversación todos sabemos que eres una friki.»

—¿Has leído sus relatos?

—Leí un par cuando empezó, hace años. No son lo mío.

Sentía las glándulas sudoríparas abriéndose por encima del labio superior.

—Escribe bastante bien. Deberías leerlos. De hecho, apareces en varios.

—Sí, de acuerdo —le dije en voz baja.

Y entonces por fin sacó el celular y utilizó una app para poner la película. Yo fingía verla mientras me adentraba en la espiral. Pensaba en el cuadro de Pettibon, con su remolino de colores, que arrastra tu mirada hacia el centro. Intenté respirar como me aconsejaba la doctora Singh sin que se notara demasiado, pero en unos minutos estaba sudando de verdad, y seguro que se daba cuenta, porque había visto esa película cien veces, así que en realidad sólo estaba viéndola para verme a mí viéndola, y sentía sus miradas, y aunque yo llevaba la chamarra abrochada hasta arriba, obviamente Davis había visto el absurdo bigote húmedo sobre mi empapado labio superior.

Sentía la tensión en el aire, y sabía que él estaba buscando la manera de volver a alegrarme. Su cerebro daba vueltas al lado del mío. Yo no podía alegrarme, pero podía entristecer a la gente que me rodeaba.

Cuando acabó la película, le dije que estaba cansada, porque me pareció el adjetivo con más posibilidades de llevarme a donde necesitaba estar, en mi cama y sola. Davis me llevó a casa, me acompañó hasta la puerta y me besó castamente en los labios sudorosos. Le dije adiós con la mano desde el tapete de la entrada. Salió del camino en reversa, y entonces entré en el garage, abrí la cajuela de Harold y saqué el teléfono de mi padre, porque tenía ganas de ver las fotos.

Pasé de puntitas por delante de mi madre, que estaba dormida en el sofá, delante de la tele. Encontré un viejo cargador en mi mesa, enchufé el teléfono de mi padre y estuve mucho rato viendo las fotos, pasando todas las fotos del cielo fragmentado por ramas de árboles.

—Sabes que las tenemos en la computadora —me dijo mi madre en tono amable.

No la había oído llegar.

—Sí —le contesté.

Desenchufé el teléfono y lo apagué.

—¿Estabas hablando con él?

—Más o menos —le dije.

—¿Y qué le contabas?

Sonreí.

—Secretos.

—Ah, yo también le cuento secretos. Sabe guardarlos.

—Es el mejor guardando secretos —le dije.

—Aza, lo siento mucho si herí los sentimientos de Davis. Y le escribí una nota disculpándome. Me pasé. Pero necesito que entiendas...

La detuve con un gesto.

—No pasa nada. Oye, voy a cambiarme.

Agarré ropa y fui al baño, donde me desnudé, me sequé el sudor con una toalla y dejé que el aire me enfriara el cuerpo, con los pies fríos en el suelo. Me solté el pelo y me miré fijamente en el espejo. Odiaba mi cuerpo. Me daba asco su pelo, sus puntitos de sudor, su escualidez. Piel tensada sobre un esqueleto, un cadáver animado.

Quería salir —de mi cuerpo, de mis pensamientos, salir—, pero estaba atrapada dentro de esa cosa, como todas las bacterias que me colonizaban.

Golpecitos en la puerta. «Estoy cambiándome», dije. Me quité la curita, miré si había sangre o pus, la tiré al bote de basura y me eché desinfectante en el dedo. La quemazón se filtró por la cortada.

Me puse unos pants y una camiseta vieja de mi madre y salí del baño. Mi madre estaba esperándome.

—¿Estás nerviosa?

Esta vez era una pregunta directa.

—Estoy bien —le contesté, y me dirigí a mi habitación.

Apagué la luz y me metí en la cama. No estaba cansada exactamente, pero tampoco tenía ganas de estar consciente. A los pocos minutos, cuando mi madre entró, fingí estar dormida para no tener que hablar con ella. Se quedó de pie junto a mi cama y me cantó la vieja canción que me cantaba de niña cada vez que no podía dormir.

Es una canción que los soldados ingleses solían cantar con la música de «La canción del adiós», que se canta en Año Nuevo. Dice así: «Estamos aquí porque estamos aquí porque estamos aquí porque estamos aquí». Su tono subió en la primera parte como una respiración profunda, y luego la cantó en tono bajo. «Estamos aquí porque estamos aquí porque estamos aquí porque estamos aquí.»

Aunque se suponía que ya había crecido y que mi madre estaba sacándome de quicio, no pude dejar de pensar hasta que su canción de cuna me durmió.

13

Pese a haberme desequilibrado psicológicamente estando con él, Davis me mandó un mensaje a la mañana siguiente, antes incluso de que me hubiera levantado de la cama.

ÉL: ¿Quieres que veamos una peli esta noche? No tiene que ser de ciencia ficción.

YO: No puedo. Otro día quizá. Perdón por perder los estribos, por sudar y por todo.

ÉL: No sudas más de lo normal.

YO: Sí que sudo pero no quiero hablar del tema.

ÉL: No te gusta nada tu cuerpo.

YO: Es verdad.

ÉL: A mí me gusta. Tienes un buen cuerpo.

Me gustaba estar con él en aquel espacio no físico, pero también sentía la necesidad de cerrar las ventanas de mi yo.

YO: Me siento inestable en general, y la verdad es que no puedo salir contigo. Ni con nadie. Lo siento pero no puedo. Me gustas, pero no puedo salir contigo.

ÉL: Estamos de acuerdo. Demasiado trabajo. Los que tienen una relación se pasan la vida hablando de cómo va su relación. Es como una rueda de la fortuna.

YO: ¿Qué?

ÉL: Cuando estás en una rueda de la fortuna, de lo único que te hablan es de que están en una rueda, de la vista desde la rueda, de si la rueda les da miedo y de cuántas vueltas más va a dar. Salir con alguien es lo mismo. Los que salen con alguien no hablan de otra cosa. No me interesa salir con alguien.

YO: ¿Y qué te interesa?

ÉL: Tú.

YO: No sé qué contestar.

ÉL: No tienes que contestar. Que tengas un buen día, Aza.

YO: Tú también, Davis.

Tenía cita con la doctora Karen Singh al día siguiente, después de clases. Me senté en el asiento de dos plazas frente a ella y alcé la mirada hacia la fotografía del hombre con la red de pescar. Observaba la foto mientras hablábamos porque el incesante contacto visual de la doctora Singh era demasiado para mí.

—¿Cómo has estado?

—No muy bien.

—¿Qué sucede? —me preguntó.

Veía de reojo sus piernas cruzadas, sus zapatos negros de tacón bajo y su pie golpeando el aire.

—Hay un chico —le dije.

—¿Y?

—No sé. Es guapo, inteligente y me gusta, pero no estoy mejor, y siento que si eso no puede hacerme feliz, entonces ¿qué puede hacerme feliz?

—No lo sé. ¿El qué?

—Típica jugada de psiquiatra —me quejé.

—Tienes razón. Los cambios en las circunstancias personales, incluso los positivos, pueden generar ansiedad. Así que no sería raro angustiarse al empezar una relación. ¿Cómo van los pensamientos intrusivos?

—Bueno, ayer estaba fajando con él y tuve que parar porque no podía dejar de pensar que era asqueroso, así que no van tan bien.

—¿Pensabas que era asqueroso?

—Que su lengua tiene su propio microbioma, y que cuando me mete la lengua en la boca sus bacterias pasan a formar parte de mi microbioma para el resto de mi vida, literalmente. O sea, de alguna manera su lengua estará en mi boca hasta que me muera, y entonces los microbios de su lengua se comerán mi cadáver.

—Y eso hizo que quisieras dejar de besarlo.

—Bueno, sí —le dije.

—Sucede a menudo. Una parte de ti quería besarlo, y a otra parte de ti le preocupaba mucho lo que supone intimar con alguien.

—Sí, pero no me preocupaba intimar. Me preocupaba el intercambio de microbios.

—Bueno, tu preocupación se expresaba como preocupación por el intercambio de microbios.

Resoplé al escuchar esas tonterías de terapeuta. La doctora me preguntó si me había tomado el lorazepam. Le conté que no me lo había llevado a casa de Davis. Y entonces me preguntó si estaba tomándome el escitalopram diario, y le contesté que diario no. Y entonces empezó a contarme que el medicamento sólo funciona si lo tomas, que tenía que ser constante y cuidadosa con mi problema de salud, y yo intentaba explicarle que hay algo enormemente extraño y triste en la idea de que sólo puedes llegar a ser tú mismo ingiriendo un medicamento que cambia tu yo.

Cuando la conversación se interrumpió momentáneamente, le pregunté:

—¿Por qué colgó esa foto? La del hombre con la red.

—Hay algo que no me estás diciendo. Algo que te asusta decir, Aza.

Pensé en la pregunta real, la pregunta que siempre estaba en el fondo de mi conciencia, como un zumbido en el oído. Me avergonzaba, pero también sentía que decirlo podría ser peligroso. No se nombra a Voldemort.

—Pienso que podría ser un personaje de ficción.

—¿Cómo dices?

—Usted dice que un cambio en las circunstancias es estresante, ¿verdad?

La doctora asintió.

—Pero lo que quiero saber es si existe un yo al margen de las circunstancias. ¿Hay un yo profundo que es una persona real, la misma persona tanto si tiene dinero como si no, la misma persona tanto si tiene novio como si no, la misma persona tanto si va a un colegio como si va a otro? ¿O soy sólo un cúmulo de circunstancias?

—No entiendo por qué eso te convertiría en un personaje de ficción.

—Quiero decir que no controlo mis pensamientos, por lo tanto en realidad no son míos. No decido si sudo, si tengo cáncer o *C. diff* o lo que sea, por lo tanto mi cuerpo no es realmente mío. No decido nada de eso, lo deciden fuerzas externas. Soy un relato de esas fuerzas. Soy circunstancias.

Asintió.

—¿Captas esas fuerzas externas?

—No, no tengo alucinaciones —le contesté—. Es sólo que... siendo rigurosa, no estoy segura de que sea real.

La doctora Singh apoyó el pie en el suelo y se inclinó hacia mí con las manos en las rodillas.

—Muy interesante —me dijo—. Muy interesante.

Me sentí orgullosa de no ser algo que sucede a menudo, aunque sólo por un momento.

—Debe de ser aterrador sentir que tu yo podría no ser tuyo. ¿Como si estuvieras... encarcelada?

Asentí.

—En un momento dado —me dijo—, hacia el final del *Ulises*, aparece el personaje de Molly Bloom y se dirige directamente al autor. Le dice: «Oh Jamesy no me metas en esto». Estás encerrada en un yo que no te parece del todo tuyo, como Molly Bloom. Pero además en tu caso ese yo suele sentirse muy contaminado.

Asentí.

—Pero das demasiada importancia a tus pensamientos, Aza. Los pensamientos sólo son pensamientos. No son tú. Y aunque tus pensamientos no formen parte de ti, tú sí.

—Pero tus pensamientos son tú. Pienso luego existo, ¿no?

—No, la verdad es que no. La expresión completa de la filosofía de Descartes sería *Dubito, ergo cogito, ergo sum.* «Dudo, luego pienso, luego existo.» Descartes quería saber si de verdad podía saberse si algo era real, pero creía que su capacidad de dudar de la realidad demostraba que, aunque la realidad podría no ser real, él sí lo era. Eres tan real como cualquiera, y tus dudas te hacen más real, no menos.

Cuando volví a casa, noté que mi madre estaba muy nerviosa por mi cita con la doctora Singh, aunque intentaba mostrarse tranquila y normal.

—¿Qué tal? —me preguntó sin dejar de corregir exámenes en el sofá.

—Bien, supongo —le contesté.

—Quiero disculparme otra vez por lo que le dije ayer a Davis —me dijo—. Tienes todo el derecho a estar enojada conmigo.

—No estoy enojada contigo —le dije.

—Pero quiero que seas prudente, Aza. Te veo cada vez más angustiada... Te lo veo en la cara y en el dedo.

—No es por él —le contesté cerrando el puño.

—¿Y por qué es?

—No hay un motivo —le contesté.

Y encendí la tele, pero mi madre agarró el control remoto y le quitó el sonido.

—Pareces encerrada en tu mente, y no puedo saber qué pasa ahí dentro, y me asusta.

Presioné la uña contra la yema del dedo por encima de la curita y pensé que mi madre se asustaría mucho más si viera lo que estaba pasando ahí abajo.

—Estoy bien. De verdad.

—No, no estás bien.

—Mamá, dime qué tengo que decirte. En serio. Dime... qué palabras puedo decirte para que te tranquilices.

—No quiero tranquilizarme. Quiero que dejes de sufrir.

—Bueno, no funciona así, ¿ok? Tengo que irme a estudiar historia.

Me levanté, pero antes de que hubiera llegado a mi habitación, mi madre me dijo:

—Hablando de historia, el señor Myers me dijo hoy que tu trabajo sobre el intercambio colombino es el mejor que ha leído en todos los años que lleva siendo profesor.

—Lleva dos años siendo profesor.

—Cuatro, pero aun así —me dijo—. Vas a hacer grandes cosas, Aza Holmes. Grandes cosas.

—¿Has oído hablar de Amherst? —le pregunté.

—¿Cómo?

—Amherst. Es una universidad de Massachusetts. Muy buena. Tiene una calificación altísima. Creo que me gustaría ir allí... si me aceptan.

Mi madre empezó a decir algo, pero se calló y suspiró.

—Ya veremos qué universidades te conceden beca.

—O la Sarah Lawrence —le dije—. También parece buena.

—Bueno, Aza, recuerda que muchas de esas facultades te cobran sólo por mandar la solicitud, así que tenemos que elegir bien. Todo el proceso está amañado, de principio a fin. Te hacen pagar para descubrir que no puedes permitirte ir. Tenemos que ser realistas, y lo realista es que irás a una facultad que esté cerca de casa, ¿va? Y no sólo por el dinero. No creo que de verdad quieras estar en la otra punta del país, por todo lo que ya sabes.

—Sí —le dije.

—Va, entendido. No quieres hablar con tu madre. Pero te quiero igual.

Me lanzó un beso y por fin me escapé a mi habitación.

Era verdad que tenía que estudiar Historia, pero cuando acabé no estaba cansada y llevaba rato pensando en mandar un mensaje a Davis.

Sabía lo que quería escribirle, o al menos lo que estaba pensando en escribirle. No podía dejar de pensar en el mensaje, en escribirlo, en mandarlo sabiendo que ya no podría echarme para atrás, en los latidos del corazón y el sudor mientras esperaba su respuesta.

Apagué la luz, me coloqué de lado y cerré los ojos, pero no podía quitarme de encima el pensamiento, así que tomé el teléfono, lo pulsé para que se encendiera y le escribí. Cuando me dijiste que te gustaba mi cuerpo, ¿qué querías decir?

Me quedé mirando la pantalla unos segundos, esperando que aparecieran los puntos suspensivos, pero no aparecieron, así que volví a dejar el celular en la mesita de noche. Mi cerebro se había tranquilizado, ya había hecho lo que él quería que hiciera, y estaba casi dormida cuando oí vibrar el celular.

ÉL: Quería decir que me gusta.

YO: ¿Qué te gusta?

ÉL: Me gustan tus hombros descendiendo hacia tus clavículas.

ÉL: Y me gustan tus piernas. Me gusta la curva de tus pantorrillas.

ÉL: Me gustan tus manos. Me gustan tus largos dedos y la parte de abajo de tus muñecas, el color de la piel en esa zona, con las venas por debajo.

YO: Me gustan tus brazos.

ÉL: Son flacuchos.

YO: Parecen fuertes. ¿Te parece bien?

ÉL: Muy bien.

YO: Así que la curva de mis pantorrillas... No me había fijado.

ÉL: Es bonita.

YO: ¿Nada más?

ÉL: Me gusta tu trasero. Me gusta muchísimo tu trasero. ¿Te parece bien?

YO: Sí.

ÉL: Quiero abrir un blog de fans de tu trasero.

YO: Va, es un poco raro.

ÉL: Quiero escribir relatos en los que tu increíble trasero se enamore de tus bonitos ojos.

YO: Jajaja. Estás llevándote la magia. ¿Qué decías... antes?

ÉL: Que me gusta tu cuerpo. Me gusta tu barriga y tus piernas y tu pelo y ME GUSTA TU CUERPO.

YO: ¿De verdad?

ÉL: De verdad.

YO: ¿Qué me pasa? ¿Por qué mandarte mensajes me divierte y besarte me asusta?

ÉL: No te pasa nada. ¿Quieres venir el lunes después de clase? A ver una película o lo que quieras.

Esperé un momento y al final escribí: Claro.

14

El lunes, antes de clase, en el estacionamiento, le conté a Daisy lo de los mensajes, los besos y los ochenta millones de microbios.

—Dicho así, la verdad es que besarse es bastante asqueroso —me dijo—. Pero quizá sus microbios sean mejores que los tuyos, ¿no? Quizá mejoran tu salud.

—Quizá.

—Quizá sus microbios te den súper poderes. Era una chica normal hasta que besó a un multimillonario y se convirtió en... MICROBIANCA, la Reina de los Microbios.

Me limité a mirarla.

—Perdón —me dijo—, ¿no te sientes mejor?

—Supongo que se me irá haciendo menos raro, ¿no? O sea, cada vez que nos besemos y no pase nada malo, me asustará menos. En fin, no es que vaya a pegarme *campylobacter* —y un segundo después añadí—: Seguramente.

Daisy empezó a decir algo, pero vio a Mychal cruzando el estacionamiento hacia ella.

—Todo saldrá bien, Holmesy. Nos vemos a la hora de comer. ¡Te quiero!

Corrió hacia Mychal. Lo abrazó y lo besó teatralmente en los labios, doblando una pierna, como si estuviera en una película.

Fui a casa de Davis directamente desde la prepa. Como las puertas de hierro forjado de la entrada a la finca estaban cerradas, tuve que salir para llamar al timbre del interfono.

—Finca Pickett —dijo una voz que reconocí como la de Lyle.

—Hola, soy Aza Holmes, la amiga de Davis —le dije.

No me contestó, pero la puerta empezó a abrirse. Volví a subir a Harold y avancé por el camino. Lyle estaba sentado en su carrito de golf cuando llegué a la casa.

—Hola —le dije.

—Davis y Noah están en la alberca —me dijo—. ¿Te llevo?

—Puedo ir caminando —le contesté.

—Mejor te llevo —dijo inexpresivo, señalando el asiento del carrito.

Me senté y se dirigió muy despacio hacia la alberca.

—¿Cómo está Davis? —me preguntó.

—Bien, creo.

—Frágil..., está frágil. Los dos.

—Sí —le dije.

—No lo olvides. ¿Has perdido a alguien alguna vez?

—Sí —le contesté.

—Entonces ya sabes lo que es —me dijo cerca ya de la alberca.

Davis y Noah estaban sentados en el mismo camastro, los dos inclinados hacia adelante, mirando el jardín. Yo pensaba en Lyle diciéndome «Entonces ya sabes lo que es». La verdad es que no lo sabía, en realidad no. Toda pérdida es inédita. Nunca puedes saber cómo sufre otra persona, en realidad no, del mismo modo que tocar el cuerpo de otra persona no equivale a tener el cuerpo de otra persona.

Cuando Davis oyó que el carrito frenaba, giró la cabeza hacia mí, asintió y se levantó.

—Hola —le dije.

—Hola. Oye..., dame unos minutos. Perdón..., es que..., tengo que hablar con Noah. Lyle, ¿por qué no le das una vuelta a Aza? Podrías enseñarle el laboratorio. Voy para allá enseguida, ¿va?

Asentí y volví al carrito. Lyle sacó el celular: Malik, ¿tienes unos minutos para enseñarle el laboratorio a la amiga de Davis?... Llegamos enseguida. Mientras dejábamos atrás el campo de golf, Lyle me preguntó por la preparatoria, por mis calificaciones y por el trabajo de mis padres. Le dije que mi madre era profesora.

—¿Y tu padre no sale en la foto?

—Murió.

—Oh. Lo siento.

Avanzamos por un camino de tierra que atravesaba una arboleda hasta llegar a un edificio rectangular de cristal. Un cartel indicaba que era el laboratorio.

Lyle me llevó hasta la puerta y la abrió, pero luego se despidió de mí. La puerta se cerró detrás de mí, y vi a Malik, el zoólogo, mirando por un microscopio. Parecía que no me había oído entrar. La sala era enorme, con una gran mesa negra en el centro, como las de las clases de química. Debajo había vitrinas, y todo tipo de utensilios encima de la mesa, entre ellos algunas cosas que reconocí —tubos de ensayo y botellas con líquidos— y muchas otras que no. Me acerqué a la mesa y observé una máquina circular con tubos de ensayo dentro.

—Perdón —me dijo Malik por fin—, pero estas células no viven mucho tiempo fuera del cuerpo, y Tua sólo pesa seiscientos gramos, así que intento no sacarle más sangre de la necesaria. Esto es una centrifugadora.

Se acercó, tomó un tubo de ensayo que contenía algo que parecía sangre y lo colocó con cuidado en un soporte para tubos de ensayo.

—¿Te interesa la biología?

—Supongo —le contesté.

Miró la sangre del fondo del tubo de ensayo y me dijo:

—¿Sabías que los tuátaras pueden tener parásitos? Tua tiene salmonela, por ejemplo. Pero esos parásitos no les provocan enfermedades.

—No sé mucho de los tuátaras.

—Casi nadie, y es una pena, la verdad, porque son los reptiles más interesantes, por mucho. Una auténtica mirada al pasado lejano.

Yo seguía mirando la sangre de la tuátara.

—A nosotros nos cuesta incluso imaginar lo bien que les ha ido... Los tuátaras llevan aquí mil veces más tiempo que los humanos. Piénsalo. Para sobrevivir tanto tiempo como los tuátaras, los humanos tendríamos que estar en la primera décima parte del uno por ciento de nuestra historia.

—Parece increíble —le dije.

—Mucho. Es lo que le encanta de Tua al señor Pickett, lo bien que le va. Le encanta que tenga cuarenta años y que aún esté en la primera cuarta parte de su vida.

—¿Y por eso le deja todo su patrimonio?

—Se me ocurren peores maneras de utilizar una fortuna —me dijo Malik.

No estaba segura de si a mí se me ocurrirían.

—Pero lo que más me fascina, y en eso se centra mi investigación, es su velocidad de evolución molecular. Perdona si te aburro.

Lo cierto era que me gustaba escucharlo. Estaba entusiasmado y abría mucho los ojos, como si de verdad le encantara su trabajo. No se conocen a muchos adultos así.

—No, es interesante —le dije.

—¿Has llevado biología?

—Estoy llevándola este año —le contesté.

—Entonces sabes lo que es el ADN.

Asentí.

—¿Y sabes que el ADN muta? Eso es lo que ha impulsado la diversidad de la vida.

—Sí —le dije.

—Pues mira —fue hacia un microscopio conectado a una computadora y me mostró en la pantalla la imagen de una mancha más o menos circular—. Esto es una célula de tuátara. Hasta donde sabemos, los tuátaras no han cambiado mucho en los últimos doscientos millones de años, ¿de acuerdo? Parecen igual que en los fósiles. Y los tuátaras lo hacen todo despacio. Maduran despacio: no dejan de crecer hasta que tienen treinta años. Se reproducen despacio: sólo ponen huevos una vez cada cuatro años. Su metabolismo es muy lento. Pero aunque lo hacen todo despacio y apenas han cambiado en doscientos millones de años, las células de los tuátaras mutan más deprisa que las de cualquier otro animal.

—O sea, ¿evolucionan más deprisa?

—A nivel molecular, sí. Cambian más deprisa que los humanos, los leones y las moscas de la fruta. Lo que plantea todo tipo de preguntas: ¿Mutaban antes todos los animales a esta velocidad? ¿Qué sucedió para que se ralentizara la mutación molecular? ¿Por qué el animal en sí cambia tan poco cuando su ADN muta tan rápidamente?

—¿Y sabes las respuestas?

Se rio.

—Oh, no no no. Ni de lejos. Lo que me encanta de la ciencia es que aprendes, pero en realidad no encuentras respuestas. Simplemente encuentras mejores preguntas.

Oí la puerta abriéndose detrás de mí. Davis.

—¿Una película? —me preguntó.

Le di las gracias a Malik por sus explicaciones.

—Vuelve cuando quieras —me contestó—. Quizá la próxima vez te animes a acariciarla.

Sonreí.

—Lo dudo.

Davis y yo no nos abrazamos, ni nos besamos, ni nada. Caminamos juntos por el camino de tierra y de repente me dijo:

—Noah se metió en problemas en la escuela.

—¿Qué pasó?

—Me temo que lo agarraron con hierba.

—Vaya, lo siento. ¿Lo detuvieron?

—Oh, no, no meten a la policía en estas cosas.

Quise decirle que seguro que la policía se metía en estas cosas en mi prepa, pero me callé.

—Pero lo expulsaron unos días.

Hacía el suficiente frío para que viera salir el vaho de mi boca.

—Quizá le irá bien.

—Bueno, ya lo han expulsado dos veces, y hasta ahora no ha servido de nada. ¿Quién lleva hierba al colegio a los trece años? Diría que quiere buscarse problemas.

—Lo siento —le dije.

—Necesita un padre —me dijo Davis—. Aunque su padre sea una mierda. Y yo no puedo..., en fin, no tengo ni puta idea de lo que hacer con él. Lyle intentó hablar con él hoy, pero Noah le contestó con monosílabos: ya, sí, qué, ah. Sé que echa de menos a mi padre, pero no puedo hacer nada, ¿sabes? Lyle no es su padre. Yo no soy su padre. En fin, necesitaba desahogarme, y eres la única persona con la que puedo hablar en estos momentos.

La palabra «única» me golpeó. Sentí que empezaban a sudarme las palmas de las manos.

—Vamos a ver esa película —dije por fin.

Ya en el cine del sótano, Davis me dijo:

—He estado pensando en qué películas de ciencia ficción podrían gustarte. Ésta es ridícula, pero increíble. Si no te gusta, podrás elegir las diez próximas películas, ¿trato hecho?

—Claro —le contesté.

La película se titulaba *El destino de Júpiter*, y sí, era ridícula y a la vez increíble. A los pocos minutos de empezar, alargué el brazo, tomé a Davis de la mano y me sentí bien. Incluso muy bien. Me gustaban sus manos, sus dedos entrelazados con los míos, su pulgar trazando pequeños círculos entre mi pulgar y mi dedo índice.

Cuando la película estaba en uno de sus muchos momentos álgidos, me reí de algo ridículo y Davis me preguntó:

—¿Te gusta?

—Sí, es una tontería, pero está genial —le contesté.

Noté que estaba mirándome, así que me giré hacia él.

—No sé si estoy malinterpretando la situación —me dijo.

Y su manera de sonreír hizo que me muriera de ganas de besarlo. Me sentía bien de la mano con él, y antes no había sido así, de modo que quizá besarnos también sería diferente hoy.

Me incliné por encima del reposabrazos que nos separaba, lo besé rápidamente en los labios y me gustó la calidez de su boca. Quería más, levanté la mano hasta su barbilla y empecé a besarlo de verdad, y sentía su boca abriéndose, y sólo quería estar con él como una persona normal. Quería sentir la turbadora intimidad que había sentido cuando nos mandamos mensajes, y me gustaba besarlo. Besaba bien.

Pero aparecieron los pensamientos, y sentí su saliva viva en mi boca. Me aparté lo más sutilmente que pude.

—¿Estás bien?

—Sí —le dije—. Sí, perfectamente. Sólo quiero...

Intentaba pensar qué diría una persona normal, quizá si decía y hacía lo que decía y hacía la gente normal, él creería que soy una persona normal, o quizá incluso podría convertirme en una persona normal.

—¿Nos lo tomamos con calma? —me sugirió.

—Sí —le contesté—. Sí, exacto.

—Genial —se giró hacia la pantalla—. Estaba esperando esta escena. Te encantará. Están pirados.

Hay un poema de Edna St. Vincent Millay que me da vueltas en la cabeza desde que lo leí por primera vez, y una parte dice así: «Desde la oscura colina hasta mi puerta / tres copos, después cuatro / llegan empujados por el viento, después muchos más». Puedes contar los primeros tres copos, y el cuarto. Luego el lenguaje falla, y tienes que acomodarte e intentar sobrevivir a la tormenta de nieve.

Lo mismo sucedió con la espiral de mis pensamientos. Pensé en sus bacterias dentro de mí. Pensé en la probabilidad de que cierto porcentaje de dichas bacterias fueran malignas. Pensé en las *E. coli*, en las *campylobacter* y en las *Clostridium difficile* que muy probablemente formaban siempre parte de la microbiota de Davis.

Llegó un cuarto pensamiento. Después muchos más.

—Tengo que ir al baño —le dije—. Vuelvo enseguida.

Fui al piso de arriba. La mortecina luz de la tarde que entraba por las puertas de cristal hacía que las paredes blancas parecieran rosadas. Noah estaba jugando un videojuego en el sofá.

—¿Aza? —me dijo.

Me giré y entré en el baño. Me lavé la cara y me miré fijamente en el espejo, observándome respirar. Me observé un buen rato, intentando descubrir una manera de acallar mis pensamientos, intentando encontrar el botón para silenciar mi monólogo interior, intentando.

Luego saqué el desinfectante del bolsillo de la chamarra y me eché un chorrito en la boca. Me dieron arcadas al enjuagarme la boca con esa mugre abrasadora, y luego me lo tragué.

—¿Están viendo *El destino de Júpiter*? —me preguntó Noah cuando salí del baño.

—Sí.

—Qué jalada.

Me giré para marcharme, pero Noah me llamó, fui hacia él y me senté a su lado en el sofá.

—Nadie quiere encontrarlo.

—¿Te refieres a tu padre?

—No puedo pensar en otra cosa. Es que... ¿Crees que de verdad se iría y ni siquiera nos mandaría un mensaje? ¿Crees que quizás está intentándolo y nosotros no hemos descubierto cómo escucharlo?

Me sentía fatal por el niño.

—Sí, puede ser —le dije—. O quizás está esperando a que sea seguro.

—Pues sí —dijo Noah—. Sí, parece lógico. Gracias.

Empezaba a levantarme cuando añadió:

—Pero ¿no podría haber mandado un email? No pueden rastrearlos si utilizas wifi público. ¿No podría habernos mandado un mensaje desde algún teléfono que hubiera encontrado por ahí?

—Quizás está asustado —le dije.

Intentaba ayudarlo, pero quizá no era posible.

—Pero ¿seguirás buscando?

—Sí —le contesté—. Sí, claro, Noah.

Alargó el brazo para tomar el control de su videojuego, así que entendí que tenía que volver al sótano.

Davis había parado la película en medio de una batalla de naves espaciales, y la luz brillante de una explosión interrumpida se reflejó en sus lentes al girarse hacia mí. Me senté a su lado.

—¿Estás bien? —me preguntó.

—Lo siento mucho —le dije.

—¿Debería hacer algo de otra mane...?

—No, no tiene nada que ver contigo. Es sólo que... que... No puedo hablar de esto ahorita.

Me daba vueltas la cabeza, e intentaba mantener la boca apartada de él para que no se diera cuenta de que el aliento me olía a desinfectante.

—Muy bien —me dijo—. Me gusta como estamos. Me gusta que hagamos las cosas a nuestra manera.

—No lo dices en serio.

—Claro que sí.

Yo miraba fijamente la pantalla inmóvil, esperando a que Davis quitara la pausa.

—Te oí hablando con Noah —me dijo.

Aún sentía su saliva en mi boca, y el respiro que me había proporcionado el desinfectante se esfumaba. Si aún sentía su saliva, probablemente seguía ahí. «Quizá deberías beber más.» Es ridículo. Miles de millones de personas se besan y no les pasa nada malo. «Sabes que te sentirás mejor si bebes más.»

—Necesita ayuda —le dije—. Un psicólogo o algo así.

—Necesita un padre.

«¿Cómo se te ocurrió besarlo? Deberías haberlo sabido. Podrías haber pasado una noche normal, pero preferiste esto.» Ahora se trata de las necesidades de Noah, no de las mías. «Sus bacterias están nadando dentro de ti. Ahora mismo están en tu lengua. No podrías matarlas ni con alcohol puro.»

—¿Quieres ver la película?

Asentí, y pasamos las horas siguientes sentados uno al lado del otro, cerca pero sin tocarnos, mientras la espiral se hacía cada vez más estrecha.

15

Al llegar a casa esa noche, me metí en la cama, pero no a dormir. Pasé un rato empezando mensajes para Davis que luego no le mandaba, hasta que al final dejé el celular y agarré la laptop. Me preguntaba qué había sido de su vida en la red, dónde había ido después de haber dejado de escribir en sus redes sociales.

Prácticamente todos los resultados de Google sobre Davis tenían que ver con su padre: «El presidente de Pickett Engineering declara en una entrevista que no va a dejar un centavo a sus hijos adolescentes», etc. Davis no había subido nada a Instagram, Facebook, Twitter ni en ningún blog desde la desaparición de su padre, y las búsquedas de sus dos nombres de usuario, dallgoodman y davisnotdave02, sólo mostraban resultados de otras personas.

Así que empecé a buscar nombres parecidos: dallgoodman02, davisnotdave, davisnotdavid, y a probarlos en Facebook y en blogs. Y cuando llevaba ya más de una hora buscando, justo después de las doce, se me ocurrió por fin probar con la frase: «las hojas se han ido también tú deberías irte».

Apareció un solo resultado, un enlace a un blog con el nombre de usuario isnotid02. Lo había creado hacía dos meses, y como en el anterior diario de Davis, casi todas las entradas consistían en una cita de alguien seguida de un texto breve y enigmático. Pero este blog tenía también una sección llamada «poemas». Le di clic al diario y bajé hasta la primera entrada.

> Puedo resumir en tres palabras todo lo que he aprendido de la vida: la vida sigue.
>
> Robert Frost

> Catorce días desde que empezó el desastre. No es que mi vida sea peor, pero sí más reducida. Miras hacia arriba un buen rato y empiezas a sentir que eres infinitesimal. La diferencia entre vivo y no vivo... es enorme. Pero visto desde las estrellas, apenas hay diferencia entre las distintas formas de vida, entre mí y el césped recién podado en el que estoy acostado ahora mismo. Los dos somos algo asombroso, lo más parecido a un milagro en el universo que conocemos.

> Y luego una tabla, en la razón, se rompió / y yo caí y caí...
>
> Emily Dickinson

> En la Vía Láctea hay unos cien mil millones de estrellas, una por cada persona que ha vivido desde el principio hasta ahora, más o menos. Lo pensaba bajo el cielo esta noche, demasiado

cálida para el mes en el que estamos, observando una lluvia de estrellas bonita para lo que puede verse desde aquí. Por alguna razón, al mirar hacia arriba siempre siento que me caigo.

Antes oí a mi hermano llorando en su habitación, me quedé junto a su puerta un buen rato, y sé que él sabía que yo estaba ahí, porque intentó dejar de llorar cuando las tablas del suelo crujieron bajo mis pies, y yo me quedé ahí afuera mucho tiempo, mirando la puerta e incapaz de abrirla.

Incluso el silencio / tiene una historia que contarte.

JACQUELINE WOODSON

Lo peor de estar muy solo es que piensas en todas las veces en las que has deseado que todo el mundo te dejara en paz. Y lo hacen, te dejan en paz, y te conviertes en una compañía terrible.

El mundo es una esfera... cuanto más lejos navegues, más cerca estás de casa.

TERRY PRATCHETT

A veces abro Google Maps y amplío al azar lugares en los que podría estar mi padre. S vino ayer para comentarnos qué pasa ahora —qué pasa si lo encuentran y qué pasa si no lo encuentran—, y en un momento dado dijo: «Ya entienden que no me refiero a la persona física, sino a la entidad legal». La entidad legal es la que se cierne sobre nosotros y acecha nuestro hogar. La persona física está en algún punto del mapa.

Estoy enamorado del mundo.

MAURICE SENDAK

Siempre decimos que estamos bajo las estrellas. No es así, por supuesto. No hay arriba ni abajo, y las estrellas nos rodean por todas partes. Pero decimos que estamos bajo las estrellas, y es bonito. La lengua suele ensalzar al ser humano —nosotros somos quién, y otros animales son qué—, pero al menos nos coloca debajo de las estrellas.

Y por fin apareció un *ella*.

El pasado es un prólogo.

WILLIAM SHAKESPEARE

Ver tu pasado —o a una persona de tu pasado— puede ser físicamente doloroso, al menos para mí. Me invade un dolor melancólico, y quiero que el pasado vuelva, cueste lo que cueste. No importa que no vaya a volver, que en realidad nunca existiera como yo lo recuerdo. Quiero que vuelva. Quiero que las cosas sean como eran, o como yo recuerdo que fueron: completas. Pero por alguna razón ella no me recuerda al pasado. La siento en presente.

La siguiente entrada la posteó la noche que me dio el dinero, y más o menos confirmaba que el ella era yo.

> Despierta, corazón, despierta. Has dormido ya bastante. Despierta.
>
> WILLIAM SHAKESPEARE
>
> Me pregunto si lo he jodido todo. Pero si no lo hubiera hecho, me preguntaría otra cosa. La vida es una serie de elecciones entre preguntas.
>
> La isla está llena de rumores.
>
> WILLIAM SHAKESPEARE
>
> El pensamiento de si yo le gustaría si no fuera yo es un pensamiento imposible. Se pliega sobre sí mismo. Pero lo que quiero decir es si yo le gustaría si el mismo cuerpo y la misma alma se trasladaran a una vida diferente, a una vida inferior. Pero entonces, por supuesto, no sería yo. Sería otra persona. El pasado es una trampa en la que ya has caído. Una pesadilla, dijo Dédalo, de la que intento despertarme.

Y la última entrada:

> A esta criatura / de las sombras yo la reconozco como mía.
>
> WILLIAM SHAKESPEARE

> Comentó, más de una vez, que la lluvia de estrellas estaba sucediendo, más allá del cielo encapotado, aunque nosotros no la viéramos. ¿A quién le importa si puede besar? Puede ver a través de las nubes.

Sólo después de haber leído todas las entradas del diario me di cuenta de que las que se referían a mí empezaban con citas de *La tempestad*. Sentía que estaba invadiendo su intimidad, pero era un blog público, y pasar el rato con lo que escribía era como estar con él, aunque sin ataques de pánico. Así que di clic en la sección de «poemas».

El primero decía:

> *Los pasos de mi madre*
> *eran tan silenciosos*
> *que apenas la oí marcharse.*

Otro:

> *No dejes que la verdad se interponga en el camino de la belleza,*
> *o eso creía e.e. cummings.*
> *«Es la maravilla que mantiene las estrellas a distancia»,*
> *escribió del amor y del deseo.*

Muchas veces acabó en la cama, seguro,
y a eso lo ayudaban los poemas.
Pero la gravedad no es lo mismo que el cariño:
sólo uno de ellos es constante.

Y luego el primer poema, escrito el mismo día que la primera entrada del diario, dos semanas después de que su padre desapareciera.

Toda mi vida me llevó a todas partes,
me recogía, me llevaba aquí y allí, decía
ven conmigo. Te llevaré. La pasaremos bien.
Nunca la pasamos bien.
No sabes lo que pesa un padre
hasta que te lo quitas de encima.

Mientras releía el poema, sonó mi celular. Davis. Hola.

YO: Hola.

ÉL: ¿Estás en mi blog ahorita?

YO: ... Puede ser. ¿Te parece mal?

ÉL: Me alegro de que seas tú. La estadística dice que alguien de Indianápolis estuvo media hora conectado. Me puse nervioso.

YO: ¿Por qué?

ÉL: No quiero que publiquen mis espantosos poemas en las noticias.

YO: Nadie lo haría. Y deja de decir que tus poemas son espantosos.

ÉL: ¿Cómo lo encontraste?

YO: Busqué «las hojas se han ido también tú deberías irte». Nadie más buscaría algo así.

ÉL: Perdona si parezco paranoico, es que me gusta postear ahí y no quiero tener que borrarlo.

ÉL: Me gustó verte esta noche.

YO: Sí.

Vi los puntos suspensivos, lo que quería decir que estaba tecleando, pero no aparecían palabras, así que al rato escribí yo.

YO: ¿Pasamos a videollamada?

ÉL: Claro.

Me temblaron un poco los dedos al pulsar el botón para empezar la videollamada. Apareció su cara, gris a la luz fantasmal de su teléfono, me llevé un dedo a la boca, susurré «Shh» y nos miramos en silencio, nuestras caras y nuestros cuerpos apenas perceptibles expuestos a la débil luz de nuestras pantallas, con mucha más intimidad de la que nunca podría tener en la vida real.

Al mirar su cara mirando la mía, observé que la luz que me permitía verlo procedía básicamente de un ciclo: la luz de la pantalla que nos iluminaba a cada uno de nosotros procedía de la habitación del otro. Sólo lo veía porque él me veía a mí. El miedo y la excitación de estar uno frente al otro en aquella granulosa luz plateada hacían que sintiera que en realidad no estaba en mi cama y que él no estaba en la suya. Estábamos juntos en un lugar no sensorial, casi como si estuviéramos dentro de la conciencia del otro, una proximidad que la vida real con sus cuerpos reales nunca podría alcanzar.

Después de colgar me escribió un mensaje: Me gusta como estamos. De verdad.

Y de alguna manera lo creí.

16

Y durante un tiempo encontramos maneras de ser nosotros, nos veíamos en persona de vez en cuando, pero casi cada noche nos mandábamos mensajes y nos veíamos por videollamada. Encontramos la manera de estar en una rueda de la fortuna sin hablar de que estábamos en una rueda. Algunos días caía más en espirales que otros, pero cambiarme la curita más o menos funcionaba, y los ejercicios de respiración, las pastillas y todo lo demás más o menos también.

Y mi vida seguía. Leía libros y hacía mis tareas, hacía exámenes y veía la tele con mi madre, veía a Daisy cuando no se quedaba de ver con Mychal, leía y releía la guía de universidades e imaginaba la variedad de futuros que prometía.

Y una noche, aburrida y echando de menos los tiempos en que Daisy y yo nos pasábamos media vida juntas en el Applebee's, leí sus relatos de Star Wars.

Había publicado su último relato hacía una semana. Me sorprendió ver que lo habían leído miles de veces. Daisy era famosa.

La historia, narrada por Rey, tiene lugar en Tatooine, por donde los tortolitos Rey y Chewbacca habían pasado a recoger un cargamento de un tipo de dos metros y medio de alto llamado Kalkino. Chewie y Rey están con una chica de pelo azul llamada Ayala, a la que Rey describe como «mi mejor amiga y mi mayor carga».

Se encuentran con Kalkino en una carrera de naves, en la que Kalkino ofrece al equipo dos millones de créditos galácticos por llevar cuatro cajas de cargamento a Utapau.

> —No me parece bien —dijo Ayala.
>
> Puse los ojos en blanco. Ayala no entendía nada. Y cuanto más se preocupaba, peor le salía todo. Tenía la integridad moral de una chica que nunca había pasado hambre y no dejaba de echar mierda sobre nuestra forma de ganarnos la vida sin pensar que nuestro trabajo le proporcionaba comida y alojamiento. Chewie se sentía en deuda con Ayala porque hacía años el padre de Ayala había muerto por salvarle la vida, y Chewie era un wookiee de principios incluso cuando no le convenía. Ayala era tan moralista porque siempre había tenido una vida fácil.
>
> —Esto no está bien —murmuró Ayala.
>
> Se llevó la mano a la melena azul, tomó un mechón y se lo enrolló en el dedo. Un tic nervioso, aunque todos sus gestos eran tics nerviosos.

Seguí leyendo, con el estómago tan encogido como yo. Ayala era horrible. Interrumpió a Chewie y a Rey cuando estaban fajando a bordo del *Halcón Milenario* con una inoportuna pregunta sobre el hiperimpulsor «que cualquier niño de cinco años mínimamente normal habría sabido responder». Fastidió el envío porque abrió una caja del cargamento y dejó al descubierto celdas que soltaron tanta energía que poco faltó para que explotara la nave. En un momento dado, Daisy escribió: «Ayala no era mala persona, sólo era una inútil».

La historia acababa con la triunfante entrega de las celdas de energía. Pero como una había perdido parte de su energía cuando Ayala había abierto la caja, los destinatarios supieron que nuestros intrépidos héroes habían visto el cargamento y pusieron precio a sus cabezas —o quizá debería decir a *nuestras* cabezas—, lo que significaba que los riesgos serían aún mayores en el relato de la semana siguiente.

Había decenas de comentarios. El último decía: «ME ENCANTA ODIAR A AYALA. GRACIAS POR HABERLA VUELTO A SACAR». Daisy había contestado: «¡Gracias! ¡Gracias por leerlo!».

Leí los relatos en orden cronológico inverso y descubrí todas las veces que Ayala había fastidiado las cosas a Chewie y Rey. La única vez que yo había hecho algo bien había sido cuando, en pleno ataque de angustia, había vomitado encima de un hutt llamado Yantuh, lo que hizo que se distrajera momentáneamente y que a Chewie le diera tiempo de agarrar un bláster y salvarnos de una muerte segura.

Me quedé hasta muy tarde leyendo, y después pensando qué le diría a Daisy al día siguiente. Mis pensamientos oscilaban entre la rabia y el miedo, y daban vueltas alrededor de mi cama como un buitre. A la mañana siguiente me desperté fatal, no sólo cansada, sino también aterrorizada. Ahora me veía a mí misma como me veía Daisy: no me enteraba de nada, no hacía nada bien, no servía para nada. Todo no.

De camino a la prepa, con la cabeza martilleándome por la falta de sueño, pensaba que de niña me daban miedo los monstruos. Cuando era pequeña, sabía que los monstruos no eran reales. Pero sabía también que cosas que no eran reales podían hacerme daño. Sabía que las cosas inventadas eran importantes, y que podían matarte. Volví a sentirme así después de haber leído los relatos de Daisy, como si algo invisible viniera por mí.

Suponía que al ver a Daisy me enfurecería, pero cuando la vi, sentada en la escalera de delante de la prepa, muy abrigada y saludándome con la mano metida en un guante, sentí..., bueno, sentí que en realidad me lo merecía. Que Ayala era lo que Daisy tenía que hacer para vivir conmigo.

Al acercarme, se levantó.

—¿Estás bien, Holmesy? —me preguntó.

Asentí. No podía decir nada. Sentía un nudo en la garganta, como si fuera a ponerme a llorar.

—¿Qué te pasa? —me preguntó.

—Estoy cansada, nada más —le contesté.

—Holmesy, no te lo tomes a mal, pero parece que acabas de salir de tu trabajo de zombi en una casa encantada y que ahora estás en un estacionamiento intentando conseguir metanfetaminas.

—Me aseguraré de no tomármelo a mal.

Me pasó un brazo por los hombros.

—Bueno, sigues siendo guapísima, claro. No puedes dejar de ser guapa, Holmesy, por más que lo intentes. Sólo digo que necesitas dormir. Cuidarte un poco, ¿sabes?

Asentí y me libré de su brazo.

—Hace un siglo que no nos vemos —me dijo—. ¿Puedo ir luego a tu casa?

Quería decirle que no, pero pensé que Ayala siempre decía que no a todo y no quería ser como mi yo de ficción.

—Claro.

—Mychal y yo vamos a pasar la noche haciendo tarea, pero tengo unos ciento cuarenta y dos minutos después de clase si vamos directo a tu casa, y da la casualidad de que es lo que dura *El ataque de los clones*.

—¿Pasar la noche haciendo tarea? —le pregunté.

Mychal apareció por detrás de mí y dijo:

—Estamos leyendo *El sueño de una noche de verano* para la clase de Lengua.

—¿En serio?

—¿Qué pasa? —me dijo Daisy—. No es culpa mía que seamos una monada. Pero antes, la espada láser de Yoda en tu casa después de clase. ¿Ok?

—Ok.

—Pues nos vemos.

Seis horas después estábamos acostadas en el suelo, apoyadas en cojines, y veíamos a Anakin Skywalker y a Padmé enamorándose poco a poco. Daisy creía que *El ataque de los clones* era la película más infravalorada de Star Wars. Yo pensaba que era una mierda, pero me divertía ver a Daisy viéndola. Movía la boca en todos los diálogos, literalmente.

Yo estaba casi todo el rato mirando el celular, echaba un vistazo a artículos sobre la desaparición de Pickett en busca de cualquier cosa que pudiera relacionarse con corredores o con la boca de corredores. Le había dicho a Noah que seguiría buscando, y se lo había dicho en serio, pero las pistas que teníamos no parecían dar muchas pistas.

—Quiero que me caiga bien Jar Jar, porque odiar a Jar Jar está muy visto, pero era lo peor —me dijo Daisy—. De hecho lo maté hace años en mis relatos. Me sentí súper bien.

Se me encogió el estómago, pero me concentré en el celular.

—¿Qué estás mirando? —me preguntó.

—Estoy leyendo cosas sobre la investigación de Pickett, viendo si hay alguna novedad. Noah está hecho polvo, y... No sé. Me gustaría ayudarlo.

—Holmesy, tenemos la recompensa. Se acabó. Tu problema es que no sabes cuándo has ganado.

—Sí —le dije.

—O sea, Davis nos dio la recompensa para que lo dejáramos correr. Así que déjalo correr.

—Sí, está bien.

Sabía que tenía razón, pero no era necesario ser tan grosera.

Pensé que la conversación estaba zanjada, pero a los pocos segundos paró la película y siguió hablando.

—Mira, esto no va a ser una historia en la que la chica pobre se hace rica, se da cuenta de que la verdad es más importante que el dinero y demuestra su heroísmo volviendo a ser una chica pobre, ¿de acuerdo? Todos vivimos mejor con Pickett desaparecido. Déjalo correr.

—Nadie está quitándote tu dinero —le dije en voz baja.

—Te quiero, Holmesy, pero sé inteligente.

—Entendido.

—¿Me lo prometes?

—Sí, te lo prometo.

—Y rompemos corazones, pero no rompemos promesas —me dijo.

—Dices que éste es tu lema, pero ahora pasas noventa y nueve por ciento del tiempo con Mychal.

—Pero ahorita estoy contigo y con Jar Jar Binks.

Seguimos viendo la película. Cuando acabó, me apretó el brazo, me dijo «Te quiero» y se fue corriendo a casa de Mychal.

17

Esa noche recibí un mensaje de Davis.

ÉL: ¿Estás ahí?

YO: Sí. ¿Videollamada?

ÉL: ¿Puedo verte en persona?

YO: Supongo, pero en persona no soy tan divertida.

ÉL: Me gustas en persona. ¿Ahora puedes?

YO: Ahora puedo.

ÉL: Abrígate. Hace frío, y el cielo está despejado.

Harold y yo nos dirigimos a la finca de los Pickett. A él no le gusta mucho el frío, y me daba la impresión de que oía algo tensándose en su motor, pero el bendito coche aguantó por mí.

En el camino hasta la casa de Davis me congelaba, aunque llevaba abrigo y guantes. No pensamos mucho en el tiempo cuando está bien, pero cuando hace tanto frío que ves salir vaho al respirar, no puedes pasarlo por alto. El tiempo decide cuándo piensas en él, no al contrario.

Al acercarme, la puerta de la entrada se abrió. Davis estaba sentado en el sofá con Noah, jugando a su habitual videojuego de batallas espaciales.

—Hola —dije.

—Hola —me dijo Davis.

—¿Qué hay? —añadió Noah.

—Oye, amigo —dijo Davis levantándose—, voy a dar una vuelta con Aza antes de que se sienta mal. Volvemos enseguida, ¿va?

Extendió el brazo y le pasó la mano por el pelo.

—Va —le contestó Noah.

—Ya leí los relatos de Daisy —le dije al salir de la casa.

El césped del campo de golf seguía perfectamente cortado, aunque hacía mucho que el único que jugaba golf en la familia había desaparecido.

—Son bastante buenos, ¿verdad?

—Supongo. Sólo me fijaba en lo horrible que es Ayala.

—No es tan mala. Sólo se angustia.

—Provoca el cien por ciento de los problemas.

Me dio un golpecito con el hombro.

—A mí me gustó, pero supongo que no soy imparcial.

Dimos un paseo alrededor de la finca y al final nos detuvimos en la alberca. Davis pulsó un botón del celular y la cubierta de la alberca se abrió. Nos sentamos en los camastros, yo observé el agua de la alberca desprendiendo vapor y Davis se acostó a mirar el cielo.

—No entiendo por qué se encierra tanto en sí mismo cuando hay infinitas cosas por las que interesarse.

—¿Quién?

—Noah.

Vi que se metía una mano en el bolsillo del abrigo. Sacó algo y le dio vueltas en la mano. Al principio pensé que era una pluma, pero luego, al moverla rítmicamente entre los dedos, como un mago haciendo un número de cartas, vi que era el Iron Man.

—No seas muy dura conmigo —me dijo—. He tenido una mala semana.

—Es sólo que no creo que Iron Man sea un súper hé...

—Me rompes el corazón, Aza. ¿Ves Saturno allá arriba?

Me lo señaló con el Iron Man y me explicó cómo diferenciar un planeta de una estrella y dónde estaban las diversas constelaciones. Y me dijo que nuestra galaxia era una gran espiral, y que muchas galaxias también.

—Todas las estrellas que vemos ahorita están en esa espiral. Es enorme.

—¿Tiene centro?

—Sí —me contestó—. Sí, toda la galaxia gira alrededor de un inmenso agujero negro. Pero muy despacio. Nuestro sistema solar tarda unos doscientos veinticinco millones de años terrestres en dar la vuelta a la galaxia.

Le pregunté si las espirales de la galaxia eran infinitas, me contestó que no, y luego me preguntó por mis espirales.

Le hablé del matemático Kurt Gödel, que tenía tanto miedo de que lo envenenaran que no comía nada que no hubiera preparado su mujer. Un día su mujer se enfermó, tuvieron que internarla en el hospital y Gödel dejó de comer. Le dije a Davis que aunque Gödel sin duda sabía que las posibilidades de morirse de hambre eran mayores que las de que lo envenenaran, no comía, así que se murió de hambre. A los setenta y un años. Vivió con su demonio durante setenta y un años, y al final su demonio se lo llevó.

Cuando terminé de contárselo, me preguntó:

—¿Te preocupa que te pase lo mismo?

—Es muy raro saber que estás loco y no poder hacer nada, ¿sabes? No es que creas que eres normal. Sabes que tienes un problema, pero no encuentras la manera de solucionarlo. Porque no puedes estar seguro, ¿entiendes? Si eres Gödel, no puedes estar seguro de que no han envenenado tu comida.

—¿Te preocupa que te pase lo mismo? —volvió a preguntarme.

—Me preocupan muchas cosas.

Hablamos tanto rato que las estrellas se movieron por encima de nosotros.

—¿Nos metemos al agua? —me preguntó por fin.

—Hace frío —le contesté.

—La alberca es climatizada.

Se levantó, se quitó la camiseta, se bajó los jeans y sacudió las piernas para sacárselos.

Yo lo observé. Me gustó verlo quitándose los jeans. Estaba muy delgado, pero me gustaba su cuerpo, los músculos pequeños aunque fibrosos de su espalda, sus piernas con la carne de gallina. Saltó al agua tiritando.

—Fantástica —me dijo.

—No tengo traje de baño.

—Bueno, si traes calzones y brasiere, es lo mismo que un bikini.

Me reí, me quité el abrigo y me levanté.

—¿Te importa darte la vuelta? —le pregunté.

Davis se giró hacia el terrario, débilmente iluminado, que ocultaba entre su jungla artificial a la aspirante a multimillonaria.

Me quité los jeans y la camiseta. Me sentía desnuda, aunque técnicamente no lo estaba, pero dejé caer los brazos y le dije:

—Ya está, ya puedes mirar.

Me metí en la alberca caliente y me acerqué a él. Davis me tomó por la cintura por debajo del agua, pero no intentó besarme.

El terrario estaba detrás de él, y ahora que mis ojos se habían acostumbrado a la oscuridad, veía a la tuátara en una rama, mirándonos con uno de sus ojos negros rojizos.

—Tua está mirándonos —le dije.

—Es una pervertida —me contestó Davis.

Se giró a mirar al animal. En su piel verde crecía una especie de musgo amarillo, y como respiraba con la boca entreabierta, le veía los dientes.

De repente su cola de cocodrilo en miniatura hizo un movimiento brusco, y Davis se sobresaltó, se agarró a mí y luego se rio.

—La odio —me dijo.

Estaba congelándome cuando salimos. Como no teníamos toallas, agarramos la ropa y volvimos corriendo a la casa. Noah seguía en el sofá jugando el mismo videojuego. Pasé a toda velocidad y subí la escalera de mármol.

Nos vestimos y fuimos a la habitación de Davis. Dejó el Iron Man en la mesita de noche y se arrodilló para mostrarme cómo funcionaba el telescopio. Puso unas coordenadas en un control remoto y el telescopio se movió solo. Cuando se detuvo, Davis apartó los ojos de la mirilla y me hizo sitio.

—Tau Ceti —me dijo.

Lo único que veía por el telescopio era un disco de luz blanca que parpadeaba en la oscuridad.

—Está a doce años luz, es parecida a nuestro sol, aunque algo más pequeña. De hecho, dos de sus planetas podrían ser habitables, seguramente no, pero quizá sí. Es mi estrella preferida.

No sabía qué se suponía que tenía que estar viendo. Era un círculo como cualquier otro. Pero Davis me lo explicó.

—Me gusta mirarla y pensar cómo vería la luz del sol alguien que estuviera en el sistema solar de Tau Ceti. Ahorita están viendo nuestra luz de hace doce años. En la luz que están viendo, a mi madre le quedan tres años de vida. Acaban de construir esta casa, y mi madre y mi padre se pasan el día discutiendo por el diseño de la cocina. En la luz que ven, tú y yo somos niños. Tenemos por delante lo mejor y lo peor.

—Seguimos teniendo por delante lo mejor y lo peor —le dije.

—Espero que no. Espero de verdad que en mi caso lo peor haya quedado atrás.

Aparté los ojos de la luz de hace doce años de Tau Ceti y miré a Davis. Lo tomé de la mano, y parte de mí quería decirle que lo quería, pero no estaba segura de si de verdad lo quería. A los dos se nos había roto el corazón por el mismo sitio. Algo así parece amor, pero quizá no lo es.

Que alguien de tu familia hubiera muerto era una mierda, y sabía por qué Davis buscaba consuelo en la luz antigua. Sabía que dentro de tres años encontraría otra estrella preferida, en la que pudiera observar una luz más antigua. Y cuando el tiempo la dejara atrás, le gustaría una estrella más lejana, y luego otra, porque no puedes dejar que la luz coincida con el presente. Porque en ese caso olvidarías.

Por eso me gustaba mirar las fotos de mi padre. En realidad era lo mismo. Las fotografías no son más que luz y tiempo.

—Tengo que irme —le dije en voz baja.

—¿Nos vemos este fin de semana?

—Sí —le contesté.

—La próxima vez quizá podríamos vernos en tu casa.

—Claro —le dije—. Si no te importa que mi madre nos agobie.

Me aseguró que no le importaba, nos despedimos con un abrazo y mientras yo salía de su habitación, él volvió a arrodillarse detrás del telescopio.

Cuando llegué a casa esa noche, le dije a mi madre que Davis quería venir el fin de semana.

—¿Es tu novio? —me preguntó.

—Supongo —le contesté.

—¿Te respeta como si fueras igual que él?

—Sí.

—¿Te escucha tanto como tú a él?

—Bueno, no soy muy platicadora. Pero sí. Me escucha. Es muy simpático, mucho, y en algún momento tienes que confiar en mí, ¿sabes?

Suspiró.

—Lo único que quiero en este mundo es evitar que te pase algo. Evitar que te hagan daño, evitar que te estreses, todo eso.

La abracé.

—Sabes que te quiero —me dijo.

Sonreí.

—Sí, mamá. Sé que me quieres. Por eso no te preocupes, de verdad.

Esa noche me metí en la cama y eché un vistazo al blog de Davis.

> Duda de que arda el lucero, / o el sol salga por oriente.
>
> WILLIAM SHAKESPEARE

No sale por oriente, por supuesto... Bueno, sí, pero no gira alrededor de nosotros. Incluso Shakespeare dio por sentadas verdades fundamentales que resultaron ser equivocadas. Quién sabe qué mentiras creo, o crees tú. Quién sabe qué no deberíamos dudar.

Esta noche, bajo el cielo, me preguntó: «¿Por qué todas las citas de las entradas que tratan de mí son de *La tempestad*? ¿Porque naufragamos?».

Sí. Sí. Porque naufragamos.

Tras leerla, actualicé la página, por si acaso, y apareció otra entrada, posteada unos minutos antes.

En música clásica tienen una expresión para esas noches que no pueden describirse: «Salimos al campo». No había paredes, ni atriles, ni siquiera instrumentos. No había techo ni suelo. Salimos todos al campo. Describe un sentimiento.

TOM WAITS

Sé que está leyendo esto ahorita. (Hola.) Siento que esta noche hemos salido al campo, aunque sin tocar música. Las mejores conversaciones son aquellas en las que ni siquiera recuerdas de qué hablaron, sólo recuerdas cómo te sentías. Ha sido como si no estuviéramos ahí, acostados junto a la alberca. Como si estuviéramos en algún sitio al que el cuerpo no puede llegar, en algún sitio sin techo, sin paredes, sin suelo y sin instrumentos.

Y con esto debería haber dado por finalizada mi noche. Pero en lugar de irme a dormir, decidí torturarme leyendo más relatos de Ayala.

No entendía cómo a Davis podía gustarle. Era horrible, totalmente egocéntrica y siempre insoportable. En una fiesta, Rey comentaba: «Por supuesto, si está Ayala, no es una fiesta de verdad, porque en las fiestas la gente se divierte».

Al final cerré la página, pero no pude dejar la computadora y ponerme a dormir. Acabé en Wikipedia, leyendo sobre relatos de fans y sobre Star Wars, y de repente me descubrí leyendo los viejos artículos sobre la microbiota humana y estudios sobre microbios que se habían formado en microbiotas normales y en algunos casos habían matado a las personas.

En un momento dado encontré esta frase: «El cerebro de los mamíferos recibe un flujo constante de datos interoceptivos del tracto gastrointestinal, que se combina con información interoceptiva del propio cuerpo y con información contextual del entorno antes de enviar la respuesta integral de atacar las células del tracto gastrointestinal a través de lo que suele llamarse "eje informativo cerebro-intestinal", aunque sería más correcto llamarlo "ciclo informativo cerebro-intestinal"».

Sé que para casi todo el mundo no sería una frase como para horrorizarse, pero yo me quedé helada. Decía que mis bacterias afectaban a mi pensamiento, quizá no directamente, pero sí a través de la información que le decían a mi intestino que enviara a mi cerebro. «Quizá ni siquiera estás pensando lo que piensas. Quizá tu pensamiento está infectado.»

No debería haber leído esos artículos. Debería haberme ido a dormir. «Demasiado tarde.»

Comprobé si entraba luz por debajo de la puerta para asegurarme de que mi madre se había ido a dormir y me dirigí con sigilo al baño. Me quité la curita y la observé minuciosamente. Había sangre. No mucha, pero había. Rosada. No está infectada. Sangra porque aún no se ha formado la costra. «Pero podría estar infectada.» No lo está. «¿Estás segura? ¿Te la limpiaste esta mañana?» Seguramente. Siempre me la limpio. «¿Estás segura?» Carajo, déjame en paz.

Me lavé las manos y me puse otra curita, pero ya había entrado en la espiral. Abrí el botiquín sin hacer ruido. Agarré el desinfectante con aroma a aloe. Di un trago, y luego otro. Me mareaba. No puedes beber eso. Esta mierda es alcohol puro. Vas a enfermarte. «Mejor vuelve a beber.» Me eché un poco más en la lengua. Ya está. Ahora estarás limpia. «Da un último trago.» Lo di. Me sonaron las tripas. Me dolía el estómago.

«A veces eliminas las bacterias sanas y entonces entra la *C. diff.* Tienes que tener cuidado.» Genial, me dices que beba y luego me dices que no beba.

De vuelta en mi habitación, sudo encima de la colcha, tengo el cuerpo pegajoso, parezco un cadáver. No puedo pensar con claridad. Beber desinfectante para las manos no va a curarte, pedazo de loca. «Pero ellas pueden hablar con tu cerebro. ELLAS pueden decirle a tu cerebro qué pensar, y tú no puedes. Así que ¿quién dirige el espectáculo?» Para, por favor.

Intenté no pensar ese pensamiento, pero, como un perro con correa, sólo podía alejarme a cierta distancia de él, y después sentía el tirón en la garganta. Me sonaban las tripas.

Nada funcionaba. Rendirme al pensamiento sólo me había proporcionado un momento de respiro. Recordé una pregunta que la doctora Singh me había hecho por primera vez hacía años, la primera vez que estuve muy mal: «¿Crees que eres una amenaza para ti misma?». Pero ¿qué es la amenaza y qué soy yo? No es que no fuera una amenaza, pero no sabía para quién o para qué, era todo tan abstracto que enturbiaba los pronombres y los objetos de la frase, las palabras se hundían en profundidades no lingüísticas. «Eres un nosotros. Eres un tú. Eres un ella, un esto, un ellos.» Mi reino por un yo.

Sentí que resbalaba, pero incluso esto es una metáfora. Que me hundía, pero también. No puedo describir la sensación en sí, sólo puedo decir que yo no soy yo. Soy algo forjado en la herrería del alma de otra persona. Por favor, déjame salir. Autor, seas quien seas, sácame de aquí. Daría cualquier cosa por salir de aquí.

Pero no podía salir.

Tres copos, después cuatro.

Después muchos más.

18

Mi madre me despertó al diez para las siete.

—¿No escuchaste la alarma? —me preguntó.

Entreabrí los ojos. Mi habitación todavía estaba a oscuras.

—Estoy bien —le dije.

—¿Segura?

—Sí —le contesté levantándome de la cama.

Treinta y dos minutos después estaba en la escuela. No tenía el mejor aspecto, pero hacía mucho que había dejado de intentar impresionar a los alumnos de la White River High School.

Daisy estaba sentada sola en la escalera de la entrada.

—Pareces dormida —me dijo al acercarme.

Estaba nublado, era uno de esos días en los que el sol se supone.

—Ha sido una noche muy larga. ¿Cómo estás?

—Muy bien, aunque últimamente no he visto mucho a mi mejor amiga. ¿Quieres que nos veamos luego? ¿Vamos al Applebee's?

—Claro —le contesté.

—Ah, y mi madre me ha pedido el coche. ¿Podemos ir juntas?

Aguanté hasta la hora de comer, aguanté el encuentro diario después de comer con mi madre, quien se preocupó porque «mis ojos parecían cansados», aguanté las clases de Historia y de Estadística. En todas las clases, una luz fluorescente que te succionaba el alma lo cubría todo con una película mareante, y el día avanzó dando tumbos hasta que el último timbre me liberó por fin. Me abrí camino hasta Harold, me senté en el asiento del conductor y esperé a Daisy.

Apenas había dormido. No pensaba con claridad. El desinfectante es básicamente alcohol, no puedes seguir bebiéndolo. Quizá deberías llamar a la doctora Singh, pero entonces tendrás que hablar con el servicio de atención y decirle a un desconocido que estás loca. No puedo soportar la idea de la doctora Singh llamándome, en tono teñido de compasión, y preguntándome si me tomo el medicamento cada día. De todas formas no funciona. Nada funciona. Tres medicamentos distintos y cinco años de terapia cognitiva conductual, y aquí estamos.

Me sobresalté al oír a Daisy abriendo la puerta del copiloto.

—¿Estás bien? —me preguntó.

—Sí —le contesté.

Arranqué el coche. Sentí que ponía recta la columna. Salí del cajón de estacionamiento en reversa y esperé en la fila de coches para salir del campus.

—Ni siquiera me cambiaste mucho el nombre —le dije.

Mi voz chirriaba, pero estaba buscando el tono.

—¿Eh?

—Ayala, Aza. Desde el principio del abecedario hasta el final y vuelta atrás. La hiciste obsesiva. Le diste mi personalidad. Todo el que lo lea sabrá lo que de verdad piensas de mí. Mychal. Davis. Toda la prepa, seguramente.

—Aza —me dijo Daisy. Mi nombre real me sonó mal dicho por ella—. No eres...

—Oye, vete a la mierda.

—Escribo relatos desde que tenía once años, y nunca has leído ni uno.

—Nunca me lo has pedido.

—En primer lugar, sí te lo he pedido. Un montón de veces. Hasta que me cansé de que me dijeras que ibas a leerlos y luego no lo hicieras. Y en segundo lugar, no tenía por qué pedírtelo. Podrías dejar de mirarte el puto ombligo tres segundos y pensar en lo que interesa a los demás. Mira, inventé a Ayala en primero de prepa. Y fue una tontería, pero ahora tiene su propio carácter. No eres tú, ¿de acuerdo?

Seguíamos cruzando muy despacio el estacionamiento de la escuela.

—Mira —siguió diciéndome Daisy—, te quiero, y no es culpa tuya, pero tus ataques de angustia llaman a los desastres.

Salí por fin del campus y subí por Meridian hacia la autopista. Daisy siguió hablando, por supuesto. Siempre hablaba.

—Lo siento, ¿de acuerdo? Debería haber dejado morir a Ayala hace años. Pero sí, tienes razón, es más o menos una copia de... O sea, Holmesy, eres agotadora.

—Sí, lo único que has sacado de nuestra amistad en los dos últimos meses ha sido cincuenta mil dólares y un novio. Tienes razón, soy una persona horrible. ¿Cómo me llamarías en esta historia? Inútil. Soy inútil.

—Aza, no eres tú. Pero eres... enormemente egocéntrica. Sé que tienes problemas mentales o lo que sea, pero esos problemas te determinan..., ya sabes.

—No, no lo sé. ¿A qué me determinan?

—Mychal dijo una vez que eres como la mostaza. Genial en pequeñas dosis, pero en grandes cantidades eres... demasiado.

No dije nada.

—Lo siento. No debería haberte dicho eso.

Estábamos paradas en un semáforo en rojo, y cuando se puso en verde pisé bruscamente el acelerador de Harold. Sentía que me ardían las mejillas, pero no sabía si estaba a punto de echarme a llorar o de ponerme a gritar. Daisy siguió hablando.

—Pero entiendes lo que quiero decir. A ver, ¿cómo se llaman mis padres?

No le contesté. No lo sabía. Respiré hondo para intentar contener los latidos de mi corazón. No necesitaba que Daisy me detallara la mierda de persona que era. Ya lo sabía.

—¿En qué trabajan? ¿Cuándo fue la última vez que viniste a mi casa...? ¿Hace cinco años? Se supone que eres mi mejor amiga, Holmesy, y ni siquiera sabes si tengo una mascota. No tienes ni idea de cómo vivo, y tu falta de curiosidad es tan patológica que ni siquiera sabes que no sabes.

—Tienes un gato —susurré.

—No tienes ni puta idea. Para ti todo es muy fácil, carajo. Crees que tu madre y tú son pobres, pero tienes brackets. Tienes coche, computadora y toda esa mierda, y crees que es natural. Crees que es normal tener una casa con una habitación para ti sola y una madre que te ayuda a hacer la tarea. No crees que eres una privilegiada, pero lo tienes todo. No sabes cómo vivo yo, y no me lo preguntas. Comparto la habitación con mi insoportable hermana de ocho años, que no sabes cómo se llama, y me juzgas por comprarme un coche en lugar de guardar todo el dinero para la universidad, pero no sabes nada. Quieres que sea una heroína altruista que está muy por encima del dinero, pero es una estupidez, Holmesy. Ser pobre no te purifica ni toda esa mierda. Ser pobre es de la fregada. No sabes nada de mi vida. No te has tomado la molestia de saber cómo vivo y no puedes juzgarme.

—Se llama Elena —dije en voz baja.

—Crees que para ti es duro, y estoy segura de que en tu cabeza lo es, pero... no puedes entenderlo, porque tus privilegios para ti son sólo oxígeno. Pensé que el dinero..., pensé que el dinero nos igualaría. Siempre he intentado estar a tu nivel, teclear en el celular tan deprisa como tú en la computadora, y pensé que nos acercaría, pero sólo siento que..., eres una mimada. Has tenido todo eso desde siempre, y no sabes lo mucho que facilita las cosas, porque ni siquiera piensas en cómo viven los demás.

Sentí que iba a vomitar. Entramos en la autopista. Me pesaba la cabeza. Me odiaba a mí misma, la odiaba a ella, pensaba que tenía razón y que se equivocaba, pensaba que me lo merecía y que no.

—¿Crees que es fácil para mí?

—No digo que...

Me giré hacia ella.

—CÁLLATE YA. Por Dios, no has cerrado la boca en diez años. Siento mucho que no sea divertido estar conmigo porque estoy demasiado encerrada en mi cabeza, pero imagínate lo que es estar de verdad encerrada en mi cabeza sin poder salir, sin poder descansar ni un minuto, porque ésa es mi vida. Usando la inteligente comparación de Mychal, imagínate comiendo SÓLO mostaza, estar A TODAS HORAS atrapada en mostaza, y si tanto me odias, deja de pedirme que...

—¡HOLMESY! —gritó.

Pero era demasiado tarde. Cuando giré la cabeza, sólo me dio tiempo a ver que yo había seguido acelerando, pero el tráfico se había detenido. Ni siquiera había podido pisar el freno cuando chocamos con la camioneta de adelante. Al momento algo chocó con nosotras por detrás. Chirrido de llantas. Pitidos. Otro choque, esta vez más flojo. Y luego silencio.

Intentaba recuperar la respiración, pero no podía, porque me dolía.

Dije palabrotas, pero sólo salió un ahhhhggg. Intenté salir, pero vi que aún tenía puesto el cinturón de seguridad. Miré a Daisy, quien estaba mirándome.

—¿Estás bien? —me gritó.

Me di cuenta de que cada vez que respiraba me salía un gruñido. Me zumbaban los oídos.

—Sí —le contesté—. ¿Y tú?

El dolor me atontaba. Se me nublaba la vista por los lados.

—Creo que sí —me dijo.

El mundo se introdujo en un túnel mientras luchaba por respirar.

—Quédate en el coche, Holmesy. Estás herida. ¿Tienes el teléfono a la mano? Tenemos que llamar a emergencias.

El teléfono. Me desabroché el cinturón de seguridad y abrí la puerta. Intenté levantarme, pero el dolor me devolvió al asiento de Harold. Mierda. Harold. Una mujer con traje sastre se arrodilló a mi lado. Me dijo que no me moviera, pero tenía que moverme. Me levanté y el dolor me cegó un minuto, pero después los puntos negros se dispersaron y pude ver el destrozo.

La cajuela de Harold estaba tan abollada como el cofre, parecía el gráfico de un sismógrafo, salvo la parte del copiloto, que estaba intacta. Harold nunca me fallaba, ni siquiera cuando yo le fallaba a él.

Me apoyé en Harold y fui hasta la cajuela tambaleándome. Intenté abrir la puerta, pero estaba aplastada. Empecé a golpear la cajuela gritando:

—Carajo, oh no no no. Está destrozado. Está destrozado.

—¿Lo dices en serio? —me preguntó Daisy acercándose a la parte trasera de Harold—. ¿Te pones así por el puto coche? Es un coche, Holmesy. Casi nos matamos ¿y te preocupas por tu coche?

Volví a golpear la cajuela hasta que la placa de Harold se soltó, pero no pude abrirla.

—¿Estás llorando por el coche?

Veía la cerradura, pero no podía levantarla, y cada vez que lo intentaba, las costillas me dolían tanto que se me nublaba la vista. Al final conseguí abrir la cajuela lo suficiente para meter el brazo. Tanteé hasta encontrar el teléfono de mi padre. La pantalla estaba rota.

Pulsé el botón para encenderlo, pero, por debajo de las ramas del cristal roto, la pantalla sólo mostró un gris turbio. Volví a la puerta del conductor, me desplomé en el asiento de Harold y apoyé la frente en el volante.

Sabía que teníamos copias de las fotos, que en realidad no había perdido nada. Pero era el teléfono de mi padre. Él lo tomaba y hablaba por ese teléfono. Me hacía fotos.

Pasé el pulgar por el cristal roto y lloré hasta que sentí una mano en el hombro.

—Me llamo Franklin. Tuviste un accidente. Soy bombero. Intenta no moverte. La ambulancia está en camino. ¿Cómo te llamas?

—Aza. No estoy herida.

—Espera un poco, Aza. ¿Sabes qué día es hoy?

—Es el teléfono de mi padre —le dije—. Es su teléfono y...

—¿El coche es suyo? ¿Te preocupa que se enoje? Aza, hace mucho que trabajo en esto, y puedo prometerte que tu padre no está enojado contigo. Está aliviado de que estés bien.

Sentí como si me desgarrara por dentro, la supernova de mis yos explotaba y se desplomaba a la vez. Me dolía llorar, pero llevaba mucho tiempo sin llorar y no quería parar.

—¿Dónde te duele? —me preguntó.

Me señalé la zona derecha de la caja torácica. Llegó una mujer y empezaron a hablar de si necesitaba una camilla. Intenté decir que estaba mareándome y de repente sentí que me caía, aunque no había ningún sitio en el que caerse.

Me desperté y vi el techo de una ambulancia. Estaba atada a una camilla, con un hombre sujetándome una mascarilla de oxígeno en la cara, oía las sirenas a lo lejos y seguían zumbándome los oídos. Volví a caerme, cada vez más profundo, y luego estaba en una cama de hospital en una sala, con mi madre por encima de mí, con manchas negras que chorreaban de sus ojos enrojecidos.

—Mi niña, oh, Dios mío. Cariño, ¿estás bien?

—Estoy bien —le contesté—. Creo que sólo me rompí una costilla. El teléfono de papá se rompió.

—No pasa nada. Tenemos copia de todo. Me llamaron y me dijeron que estabas herida, pero no me dijeron si...

Y se echó a llorar. Casi se desplomó encima de Daisy, y fue entonces cuando me di cuenta de que Daisy estaba allí, con una marca roja en la clavícula.

Giré la cabeza, miré hacia arriba, hacia la luz de la lámpara fluorescente, y sentí las lágrimas calientes en mi cara.

—No puedo perderte también a ti —dijo por fin mi madre.

Una mujer llegó para llevarme a hacerme una tomografía, y fue un alivio alejarme un rato de mi madre y de Daisy, no sentir el remolino de miedo y culpabilidad por ser un fracaso como hija y como amiga.

—¿Accidente de coche? —me preguntó la mujer empujando mi cama.

Dejamos atrás la palabra «amabilidad» pintada con letras de molde en la pared.

—Sí —le contesté.

—Aunque el cinturón de seguridad te salva la vida, hace daño —me dijo.

—Sí. ¿Voy a tener que tomar antibióticos?

—No soy tu médico. Vendrá a verte cuando tengamos el escáner.

Me metieron algo por la vía intravenosa que hizo que sintiera que estaba meándome en los calzones, me metieron en el cilindro del escáner y al final me devolvieron a mi temblorosa madre. No podía quitarme de la cabeza su voz quebrada diciéndome que no podía perderme también a mí. Sentía sus nervios mientras caminaba por la habitación, mandando mensajes a mis tíos de Texas, respirando hondo con los labios fruncidos y limpiándose la pintura de los ojos con un pañuelo desechable.

Por una vez, Daisy apenas decía nada.

—Puedes irte a casa si quieres —le dije en un momento dado.

—¿Quieres que me vaya a casa? —me preguntó.

—Lo que tú quieras —le contesté—. En serio.

—Me quedo —me dijo.

Y se sentó en silencio, mirando alternadamente a mi madre y a mí.

19

—Buenas noticias y malas noticias —dijo una mujer con bata azul marino entrando en la sala—. Las malas noticias son que tienes una lesión hepática. Las buenas noticias, que la lesión es leve. Te tendremos en observación un par de días para asegurarnos de que la hemorragia no aumenta, y pasarás unas semanas adolorida, pero te recetaré analgésicos para que el dolor no te moleste mucho. ¿Alguna pregunta?

—¿Se pondrá bien? —le preguntó mi madre.

—Sí. Si la hemorragia empeora, habrá que operar, pero, según el informe radiológico, es muy poco probable. Para lo que son las lesiones hepáticas, la suya es de las más leves. Su hija ha tenido mucha suerte, dentro de lo que cabe.

—Se pondrá bien —repitió mi madre.

—Como acabo de decir, la tendremos en observación un par de días y luego tendrá que quedarse una semana en cama. En seis o siete semanas debería ser la de siempre.

Mi madre se fundió en lágrimas de gratitud mientras yo daba vueltas a las palabras «la de siempre».

—¿Tengo que tomar antibióticos? —le pregunté.

—No deberías. Si tenemos que operarte, sí, pero si sigues como ahora, no.

Me recorrió un escalofrío de alivio. Nada de antibióticos. No aumentaría el riesgo de *C. diff*. Sólo necesitaba largarme de allí de una maldita vez.

La doctora me preguntó por el medicamento que tomaba, y se lo dije. Anotó varias cosas en mi historial.

—Dentro de un rato vendrá alguien a subirte a una habitación, y antes te daremos algo para el dolor.

—Un momento —le dije—. ¿Qué es eso de subirme a una habitación?

—Como te dije, tendrás que pasar un par de noches aquí para que puedas...

—Espere, no no no no. No puedo quedarme en el hospital.

—Cariño —me dijo mi madre—, tienes que quedarte. Sí.

—No, no puedo, de verdad. Si en algún lugar no puedo quedarme esta noche es en un hospital. Por favor. Déjenos irnos a casa.

—No sería aconsejable.

Oh, no. A ver, no pasa nada. Casi todo el mundo que ingresa en el hospital sale mejor de lo que llegó. Casi todo el mundo, sí. Las infecciones por *C. diff* sólo suelen producirse en pacientes posquirúrgicos. Ni siquiera tomarás antibióticos. «Oh no no no no no no no.»

De todos los lugares en los que pudimos haber acabado tras haber caído en la espiral, ahí estábamos, en el cuarto piso de un hospital de Carmel, Indiana.

Daisy se marchó cuando me subieron a la habitación, pero mi madre se quedó conmigo y se acostó de lado en el sillón reclinable de al lado de mi cama, mirando hacia mí.

Cuando se durmió, sentía su respiración en la cara, veía sus labios entreabiertos y sus ojos sucios cerrados. Los microbios de sus pulmones flotaban por mi mejilla. No podía colocarme de lado porque, aunque me habían dado un analgésico, el dolor me impedía moverme, y si giraba la cabeza, su respiración llegaba hasta mi cara pasando por el pelo, así que me aguanté.

Se movió y me miró.

—¿Estás bien?

—Sí —le contesté.

—¿Te duele?

Asentí.

—Sekou Sundiata dijo en un poema que la parte más importante del cuerpo «no es el corazón, ni los pulmones, ni el cerebro. La parte más grande e importante del cuerpo es la que duele».

Mi madre apoyó la mano en mi muñeca y volvió a quedarse dormida.

Aunque yo estaba dopada de morfina o de lo que fuera, no podía dormir. Oía pitidos en las habitaciones de al lado, había demasiada luz, no dejaban de entrar desconocidos con las mejores intenciones a sacarme sangre y/o tomarme la presión, y sobre todo lo sabía. Sabía que la *C. diff* estaba invadiendo mi cuerpo, que flotaba en el aire. Busqué en el celular páginas de casos de pacientes que internaron en el hospital para que los operaran de la vesícula o de piedras en el riñón y salieron destrozados.

El problema de la *C. diff* es que está dentro de todo el mundo. Todos la tenemos merodeando por ahí, pero a veces crece descontroladamente, se adueña de todo y empieza a atacarte por dentro. A veces pasa. A veces pasa porque ingieres *C. diff* de otra persona, que es ligeramente diferente de la tuya, y empieza a mezclarse con la tuya, y bum.

Sentía pequeñas sacudidas en los brazos y en las piernas, y los pensamientos zumbaban en mi cerebro intentando descubrir cómo solucionarlo. La vía intravenosa palpitaba. No sabía cuándo me había cambiado la curita del dedo por última vez. La *C. diff* estaba dentro de mí y a mi alrededor. Podía sobrevivir meses fuera de un cuerpo, esperando a un nuevo huésped. El peso conjunto de todos los grandes animales del mundo —humanos, vacas, pingüinos, tiburones— es de aproximadamente mil cien millones de toneladas. El peso conjunto de las bacterias de la Tierra es de aproximadamente cuatrocientos mil millones de toneladas. Nos superan.

Por alguna razón, empecé a oír en mi cabeza la canción «No puedo dejar de pensar en ti». Cuanto más pensaba en esa canción, peor me parecía. El estribillo —«no puedo no puedo no puedo dejar de pensar en ti»— da a entender que es bonito o romántico ser incapaz de dejar de pensar en alguien, pero que un chico piense en ti como tú piensas en la *C. diff* no tiene nada de romántico ni de bonito.

No poder dejar de pensar. Intentar encontrar algo sólido a lo que agarrarte en ese ondulante mar de pensamiento. El cuadro de la espiral. Daisy te odia y tiene razón. La lengua de Davis llena de microbios en tu cuello. El cálido aliento de tu madre. La bata del hospital pegada a tu espalda empapada en sudor. Y en lo más hondo, algún yo gritando «sáquenme de aquí sáquenme de aquí sáquenme por favor haré lo que sea», pero los pensamientos siguen girando, la espiral se hace cada vez más estrecha, la boca del corredor, la idiotez de Ayala, Aza, Holmesy y todos mis yos irreconciliables, mi egocentrismo, la suciedad en mis intestinos, «deja de pensar en ti y piensa en cualquier otra cosa asquerosa narcisista».

Agarré el teléfono y mandé un mensaje a Daisy: Siento no haber sido una buena amiga. No puedo dejar de pensarlo.

Me contestó inmediatamente: No pasa nada. ¿Cómo estás?

> YO: Sí me importa tu vida y siento que no se notara.
>
> DAISY: Holmesy cálmate todo está bien siento que nos peleáramos lo solucionaremos todo saldrá bien.
>
> YO: Lo siento mucho. No puedo pensar con claridad.
>
> DAISY: Deja de disculparte. ¿Estás dopada de analgésicos?

No contesté, pero no podía dejar de pensar en Daisy, en Ayala y sobre todo en los bichos que había dentro y fuera de mí, y sabía que estaba siendo egoísta dándole tanta importancia, pasando de las infecciones reales por *C. diff* de otras personas a una hipotética infección mía. Reprobable.

Me clavo la uña del pulgar en el dedo para certificar que este momento es real, pero no puedo escapar de mí misma. No puedo besar a nadie, no puedo manejar, no puedo funcionar en el poblado mundo sensorial real. ¿Cómo pude fantasear sobre ir a una universidad lejana en la que se paga una fortuna por vivir en dormitorios comunes llenos de desconocidos, con baños y comedores comunes, y sin espacios privados en los que vivir mi locura? Me quedaré encerrada en una universidad de aquí, eso si logro pensar con la suficiente claridad para ir a la universidad. Viviré en mi casa con mi madre, y después también. Nunca podré ser un adulto normal. Es impensable que llegue a tener una carrera profesional. En las entrevistas de trabajo me preguntarán «¿Cuál es su punto débil?», y yo les explicaré que seguramente pasaré buena parte de la jornada laboral aterrorizada por pensamientos que no puedo evitar pensar, poseída por un demonio sin nombre y sin forma, y si eso va a ser un problema, no querrán contratarme.

Los pensamientos también son bacterias que te colonizan. Pensé en el eje informativo cerebro-intestinal. «Quizá ya estás muerta. Los prisioneros ya están saliendo de la cárcel.» No era una persona, era una plaga. No era una abeja, era la colmena.

No soportaba el aliento de mi madre en la cara. Me sudaban las palmas de las manos. Sentí que me desvanecía. «Sabes cómo solucionarlo.» Le pedí en un susurro a mi madre que se diera la vuelta, pero su única respuesta fue echarme el aliento en la cara. «Tienes que levantarte.»

Tomé el teléfono para mandar un mensaje a Daisy, pero

veía las letras borrosas en la pantalla, y el pánico se apoderó de mí. Vi el dispensador de desinfectante colgado en la pared, junto a la puerta. «Es la única manera» es una idiotez si funcionara los alcohólicos serían los más sanos del mundo «sólo vas a desinfectarte las manos y la boca» por favor piensa en otra cosa de una puta vez «levántate» ODIO ESTAR ENCERRADA DENTRO DE TI «eres yo» no soy tú «eres las dos» no soy las dos «quieres sentirte mejor sabes cómo sentirte mejor» sólo va a servir para que vomite «te limpiarás puedes estar segura» nunca puedo estar segura «levántate» ni siquiera soy una persona soy una línea de razonamientos llena de fallos «quieres levantarte» la doctora me dijo que me quedara en la cama y lo único que me faltaría sería que tuvieran que operarme «vas a levantarte y a empujar el carrito con el gotero» no me metas en esto «vas a empujar el carrito hasta la entrada de la habitación» por favor «a echarte desinfectante en las manos, a limpiártelas a fondo y luego vas a echarte más desinfectante en las manos, te lo meterás en la boca y te lo pasarás por las encías y los dientes sucios». Pero el desinfectante tiene alcohol que mi hígado dañado tendrá que procesar «¿QUIERES MORIR DE *C. DIFF*?» no pero esto no es razonable «PUES LEVÁNTATE Y EMPUJA EL CARRO HASTA EL DISPENSADOR DE DESINFECTANTE DE LA PUTA PARED IDIOTA». Déjame en paz, por favor. Haré lo que sea. Me rindo. Quédate este cuerpo. Ya no lo quiero. «Vas a levantarte.» No. Soy lo que hago, no lo que voy a hacer. «Vas a levantarte.» Por favor. «Vas a ir al dispensador de desinfectante.» Cogito, ergo non sum. Sudo «ya la tienes» no hay nada más doloroso «ya la tienes» para por favor por Dios para «nunca vas a librarte de esto» nunca vas a librarte de esto «nunca vas a recuperar tu yo» nunca vas a recuperar tu yo «¿quieres morirte?» ¿quieres morirte? «porque vas a morirte» vas a morirte «vas a morirte» vas a morirte «vas a morirte» vas a morirte.

Conseguí levantarme. Por un momento sentí tanto dolor que pensé que iba a desmayarme. Agarré el palo del gotero y di unos pasos arrastrando los pies. Oí que mi madre se movía. No me importó. Presioné el dispensador y me froté la espuma por las manos. Volví a presionar y me metí el desinfectante en la boca.

—Aza, ¿qué estás haciendo? —me preguntó mi madre.

Me moría de vergüenza, pero volví a hacerlo, porque tenía que hacerlo.

—¡Aza, ya párale!

Oí a mi madre levantándose y supe que se me acababa el tiempo, así que volví a echarme desinfectante en la mano y me lo metí en la boca. Me atraganté. Me subió una arcada y vomité. Mi madre me sujetó del brazo. El dolor en las costillas me nublaba la vista. Mi bata azul claro estaba cubierta de bilis amarilla.

Oí una voz procedente de un interfono situado en algún punto detrás de mí.

—Soy la enfermera Wallace.

—Mi hija está vomitando. Creo que tomó desinfectante.

Sabía que daba asco. Lo sabía. Ahora estaba segura. No estaba poseída por un demonio. El demonio era yo.

20

A la mañana siguiente te despiertas en la cama de un hospital y miras las placas del techo. Por un momento evalúas tu conciencia con cautela, detenidamente. Te preguntas: «¿ya se acabó?».

—Como la comida del hospital no tenía muy buena cara, te preparé el desayuno —dice tu madre—. Cheerios.

Te miras el cuerpo, que una sábana blanca lavada con cloro convierte prácticamente en informe.

—Los Cheerios no los preparas tú —le dices.

Y tu madre se ríe. Frente a tu cama, en una mesa, ves un ramo de flores enorme, ostentosamente grande, en un jarrón de cristal.

—De Davis —te dice tu madre.

Más cerca de ti, por encima de tu cuerpo informe, una bandeja de comida. Tragas. Miras los Cheerios, que flotan en la leche. Te duele el cuerpo. Un pensamiento cruza tu mente: «A saber lo que inhalaste mientras dormías».

No se terminó.

Te quedas acostada, ni siquiera piensas, sólo intentas encontrar la manera de describir el dolor, como si encontrar las palabras adecuadas pudiera arrancártelo. Si puedes hacer algo real, si puedes verlo, olerlo y tocarlo, puedes acabar con ello.

Piensas que es como fuego en el cerebro. Como un ratón royéndote por dentro. Un cuchillo en la barriga. Una espiral. Remolino. Agujero negro.

Las palabras que suelen utilizarse para describirlo —desesperación, miedo, angustia, obsesión— no logran comunicarlo. Quizás inventamos las metáforas como respuesta al miedo. Quizá necesitábamos dar forma al dolor opaco y profundo que escapa tanto al sentido como a los sentidos.

Por un momento crees que estás mejor. Acabas de tener una secuencia de pensamientos normal, con su principio y su final. Tus pensamientos. Creados por ti. Y entonces sientes una arcada, un puño apretándose dentro de tu caja torácica, sudor frío frente caliente «la tienes ya está dentro de ti extendiéndose por todas partes apoderándose de ti y va a matarte y a comerte por dentro» y entonces en voz baja, casi sofocada por el inefable horror, apenas logras arrancarte las palabras que necesitas decir.

—Tengo problemas, mamá. Problemas graves.

21

La historia traza el siguiente recorrido: tras haber caído en la locura, empiezo a relacionar cosas que desatascan el caso largo tiempo estancado de la desaparición de Russell Pickett. Mi terca tendencia obsesiva me lleva a pasar por alto cualquier amenaza y el riesgo para la fortuna que nos ha caído a Daisy y a mí. Me centro sólo en el misterio y me aferro a la convicción de que resolverlo es el Bien supremo, de que las frases enunciativas son inherentemente mejores que las interrogativas, y encontrando la respuesta a pesar de mi locura, encuentro a la vez una manera de vivir con mi locura. Me convierto en una gran detective, no a pesar de mis conexiones cerebrales, sino precisamente gracias a ellas.

No estoy segura de con quién me encuentro al atardecer, Davis o Daisy, pero me encuentro con alguien. Me ves a contraluz, un eclipse silueteado por la luz de hace ocho minutos de nuestro sol, tomada de la mano de alguien.

Y me doy cuenta de que tengo poder sobre mí misma, de que mis pensamientos son —como le gustaba decir a la doctora Singh— sólo pensamientos. Me doy cuenta de que mi vida es una historia que estoy contando, y de que soy libre, soy dueña de mí misma, soy la capitana de mi conciencia, y no. Las cosas no fueron así.

No me volví terca ni enunciativa, ni avancé hacia alguien al atardecer. De hecho, durante un tiempo apenas vi luz natural.

Lo que pasó fue inexorable y terriblemente aburrido: estoy en la cama de un hospital y siento dolor. Me duelen las costillas, me duele el cerebro, me duelen los pensamientos, y durante ocho días no me dejan volver a casa.

Al principio creyeron que era alcohólica, que había ido a buscar el dispensador de desinfectante porque estaba desesperada por beber. La verdad era tan rara y poco razonable que a nadie se le pasó por la cabeza hasta que hablaron con la doctora Singh. Cuando la doctora llegó al hospital, acercó una silla a mi cama.

—Pasaron dos cosas —me dijo—. La primera, que no estás tomando el medicamento que te receté.

Le dije que lo había tomado casi cada día, y me parecía verdad, aunque no lo era.

—Sentía que me encontraba peor —confesé por fin.

—Aza, eres una chica inteligente. Seguro que no crees que beber desinfectante cuando estás hospitalizada por una lesión hepática es un gran avance en el itinerario de tu salud mental.

La miré fijamente sin decir nada.

—Como seguro que te han explicado, beber desinfectante es peligroso, no sólo por el alcohol, sino también porque contiene productos químicos que si los ingieres pueden matarte. Así que no es un avance respecto de la idea de que el medicamento que dejaste de tomar hacía que te encontraras peor.

Lo dijo con tanta contundencia que me limité a asentir.

—Y lo segundo que pasó es que el accidente te provocó un trauma importante, y eso sería difícil para cualquiera.

Seguí mirándola.

—Tenemos que darte un medicamento distinto, que funcione mejor en tu caso, que toleres y que tomes.

—Ninguno funciona.

—Ninguno ha funcionado aún —me corrigió.

La doctora Singh venía cada mañana, y por la tarde me visitaba otro médico para valorar cómo estaba mi hígado. Los dos eran un alivio, aunque sólo fuera porque mi omnipresente madre tenía que salir un rato de la habitación.

El último día, la doctora Singh se sentó al lado de mi cama y me puso una mano en el hombro. Nunca antes me había tocado.

—Sé que estar internada en un hospital no ha sido lo mejor para tu ansiedad.

—No —le dije.

—¿Crees que eres una amenaza para ti misma?

—No —le contesté—. Sólo estoy muy asustada y tengo muchos pensamientos invasivos.

—¿Tomaste desinfectante ayer?

—No.

—No estoy aquí para juzgarte, Aza. Pero sólo puedo ayudarte si me dices la verdad.

—Estoy diciéndole la verdad. No bebí desinfectante.

De entrada, porque habían retirado el dispensador de desinfectante de mi habitación.

—¿Lo has pensado?

—Sí.

—No debes temer pensarlo. Pensar no es actuar.

—No puedo dejar de pensar que tengo *C. diff.* Sólo quiero asegurarme de que no...

—Tomar desinfectante no va a servirte de nada.

—¿Y qué va a servirme?

—El tiempo. El tratamiento. Tomar tu medicamento.

—Siento como si un lazo me apretara el cuerpo, y quiero soltarme, pero si lo intento, el nudo se aprieta más. La espiral se hace cada vez más estrecha, ¿sabe?

Me miró fijamente a los ojos. Por cómo me miraba, pensé que iba a echarse a llorar.

—Aza, sobrevivirás a esto.

Después de haber salido del hospital, la doctora Singh siguió viniendo a mi casa dos veces por semana para seguir mi evolución. Me había cambiado el medicamento, que mi madre se aseguraba de que me tomara cada mañana, y para evitar que mi hígado volviera a lesionarse sólo me permitían levantarme de la cama para ir al baño.

Durante dos semanas no fui a la escuela. Catorce días de mi vida reducidos a una sola frase, porque no puedo describir nada de lo que sucedió esos días. Sentía dolor todo el tiempo, un dolor que el lenguaje no podía expresar. Me aburría. Todo era previsible. Como andar por un laberinto que sabes que no tiene solución. Es bastante fácil decir lo que parecía, pero imposible decir lo que fue.

Daisy y Davis intentaron venir a verme, pero yo quería estar sola, en la cama. No leía, ni veía la tele, ni tenía nada con que distraerme. Simplemente estaba acostada, casi catatónica, con mi madre merodeando, siempre cerca, rompiendo el silencio cada pocos minutos con una pregunta que enunciaba la respuesta. ¿Cada día estás un poco mejor? ¿Te sientes bien? ¿Estás mejor? Un interrogatorio de afirmaciones.

Durante unos días ni siquiera prendí el celular, decisión que apoyó la doctora Singh. Cuando por fin lo prendí, sentí un miedo insoluble. Quería encontrar un montón de mensajes y a la vez no quería.

Resultó que tenía más de treinta mensajes, no sólo de Daisy y Davis, aunque me habían escrito, sino también de Mychal y de otros amigos, incluso de varios profesores.

Volví a la escuela la mañana de un lunes de principios de diciembre. No estaba segura de si el nuevo medicamento estaba funcionando, pero tampoco me preguntaba si tomarlo. Me sentía preparada, como si hubiera vuelto al mundo. No era mi antiguo yo, pero era yo.

Mi madre me llevó a la escuela. Harold había quedado destrozado, y en cualquier caso me daba miedo conducir.

—¿Contenta o nerviosa? —me preguntó mi madre con las dos manos en el volante, como manecillas de un reloj, una en las diez y la otra en las dos.

—Nerviosa —le contesté.

—Todos lo entienden, Aza, tus profesores, tus amigos... Sólo quieren que estés bien y te apoyarán al cien por ciento, y si no, los haré pomada.

Sonreí un poco.

—Todo el mundo lo sabe, vaya. Que me volví loca.

—Oh, cariño —me dijo mi madre—. No te volviste loca. Siempre has estado loca.

Ahora me reí, y mi madre extendió el brazo y me apretó la muñeca.

Daisy me esperaba en la escalera. Mi madre detuvo el coche y salí. Notaba en las costillas el peso de la mochila. Hacía frío, pero brillaba el sol, aunque acababa de salir, y la luz me obligaba a entrecerrar los ojos. En los últimos días no había salido a la calle.

Daisy estaba cambiada. Con la cara más radiante. Tardé un segundo en darme cuenta de que se había cortado el pelo. Llevaba una media melena que le quedaba muy bien.

—¿Puedo abrazarte sin hacerte daño en el hígado?

—Me gusta tu pelo —le dije mientras nos abrazábamos.

—Gracias, pero las dos sabemos que es un desastre.

—Oye —le dije—, lo siento mucho.

—Yo también, pero ya nos hemos perdonado y ahora seremos felices para siempre.

—Pero lo digo en serio. Me siento fatal por...

—Yo también —me interrumpió—. Tienes que leer mi último relato. Es una disculpa de quince mil palabras que transcurre en la Jedha postapocalíptica. Lo que quiero decirte, Holmesy, es que sí, eres agotadora, y sí, ser amiga tuya exige esfuerzo. Pero también eres la persona más fascinante que he conocido nunca, y no eres como la mostaza. Eres como la pizza, y es el mejor piropo que puedo decirle a una persona.

—Daisy, siento mucho no haber...

—Por Dios, Holmesy, deja de hacerte reproches. Eres mi persona favorita. Quiero que me entierren a tu lado. Compartiremos lápida. Dirá: HOLMESY Y DAISY. HICIERON TODO JUNTAS, MENOS ESTUPIDECES. Bueno, ¿cómo estás?

Me encogí de hombros.

—¿Quieres que siga hablando? —me preguntó.

Asentí.

—Seguro que hay gente que piensa: «A ésta debe de gustarle mucho su voz». Y sí, me encanta mi voz. Tengo voz de locutora de radio.

Se giró y empezó a subir la escalera para ponerse en la cola del detector de metales.

—Sé lo que estás preguntándote: Daisy, ¿sigues saliendo con Mychal? ¿Dónde está tu coche? ¿Qué le pasó a tu pelo? Las respuestas son no, lo vendí y tuve que cortarme el pelo después de que Elena me pegara a propósito tres chicles mientras dormía. Han sido dos semanas muy largas, Holmesy. ¿Te cuento?

Asentí.

—Muy bien —me dijo pasando por el detector de metales—. Lo de Mychal se reduce a que necesito ser joven, salvaje y libre. O sea, podría haberme matado en el accidente, y pensé: «¿De verdad quiero perder mi juventud en una relación seria?». Y entonces le dije: «Salgamos con otras personas», y él me dijo: «No», y yo le dije: «Por favor», y él me dijo: «Quiero una relación monógama», y yo le dije: «No quiero que esto sea el centro de mi vida», y él me dijo: «Yo no soy esto», y entonces cortamos. Creo que, siendo rigurosa, al final me dejó él, aunque fue uno de esos casos en los que se necesitarían tres jueces para determinar quién fue exactamente el culpable.

»En fin, en cuanto al coche, resulta que mantener un coche es caro y también resulta que puedes acabar herido, así que me devolvieron el dinero porque lo tuve menos de sesenta días, y ahora iré en Uber a todas partes para el resto de mi vida, porque me gusta disponer de muchos coches, y además una persona rica como yo merece que la lleven. ¿Sigo?

Habíamos llegado a mi casillero, y me sorprendió descubrir que recordaba la combinación. Había muchos cuerpos humanos a mi alrededor. No lo podía creer. Abrí el casillero. No había hecho la tarea. Me había quedado atrás en todo. En el pasillo había mucho ruido y mucha gente.

—Sí —le contesté.

—No hay problema. Puedo pasarme el día hablando. También por esto estábamos destinadas a estar juntas, tú apenas hablas. Bueno, lo de Elena, me pegó chicle a propósito en el pelo mientras dormía, y al despertarme le dije: «¿Por qué tengo chicle en el pelo?», y ella me dijo: «¡Jajaja!», y yo le dije: «Elena, no tiene ninguna gracia. No tiene gracia fastidiarle la vida a alguien. Si te rompo una pierna, ¿sería gracioso?», y ella me dijo: «¡Jajaja!». Así que tuve que ir a que me cortaran el pelo, y créeme, lo pagué de la cuenta para la universidad de Elena. Mis padres me hicieron abrir una cuenta para la universidad de Elena, por cierto.

»Más noticias, el tema de Mychal hace un poco incómodo que nos sentemos juntos a comer, así que tú y yo vamos a hacer un picnic afuera. Sé que hace un poco de frío, pero créeme, sentarse con Mychal en la cafetería es mucho más frío. ¿Estás preparada para ir a Biología ahora mismo y asesinarla, literalmente? En cuarenta y siete minutos, el cuerpo sin vida y sin sangre de Biología Avanzada yacerá a tus pies. Uf, han pasado muchas cosas desde que perdiste la cabeza. ¿Es muy rudo que lo diga así?

—En realidad, el problema es que no puedo perder la cabeza —le dije—. No puedo escapar de ella.

—Es exactamente lo que pienso de mi virginidad —me dijo Daisy—. Otra razón por la que Mychal y yo estábamos destinados al fracaso. No quiere sexo si no está enamorado, y sí, sé que la virginidad es una construcción social misógina y opresora, pero aun así quiero perderla, y lo que tengo es a un chico que balbucea y tartamudea como si estuviéramos en una novela de Jane Austen. Ojalá los chicos no tuvieran todos esos sentimientos que tengo que manejar como si fuera una pinche psiquiatra.

Daisy me acompañó hasta la puerta de mi clase, la abrió y me acompañó también hasta mi pupitre. Me senté.

—Sabes que te quiero, ¿verdad?

Asentí.

—Me he pasado la vida pensando que era la protagonista de una película romántica excesivamente seria, y resulta que desde el principio estaba en una maldita comedia de amigotes. Tengo que ir a Cálculo. Me alegro de verte, Holmesy.

Daisy había traído restos de pizza para nuestro picnic, y nos sentamos bajo el único roble grande de la escuela, a medio camino del campo de futbol. Yo me congelaba, y las dos estábamos envueltas en nuestros abrigos, con las capuchas puestas. Mis jeans se quedaban rígidos encima del suelo helado.

Como no llevaba guantes, me metí las manos en los bolsillos. No hacía tiempo para un picnic.

—He pensado mucho en Pickett —me dijo Daisy.

—¿Sí?

—Sí... Cuando no estabas, pensaba en que es raro abandonar así a tus hijos, sin despedirte siquiera. Para serte sincera, casi me hizo sentir mal por él. O sea, ¿qué tiene que pasarle para que ni siquiera haya comprado en algún lugar un teléfono de prepago para mandar un mensaje a sus hijos y decirles que está bien?

Yo me sentía peor por el niño de trece años que se levanta cada mañana pensando que quizás hoy es el día. Y juega videojuegos cada noche para distraerse del sordo dolor de saber que tu padre no confía en ti o no te quiere lo suficiente para ponerse en contacto contigo, que tu padre prefirió dejar su herencia a una tuátara.

—Me siento peor por Noah que por Pickett —le dije.

—Siempre has empatizado con ese muchachito —me dijo—. Aunque no puedas empatizar con tu mejor amiga.

Le lancé una mirada asesina, y Daisy se rio, pero yo sabía que no lo había dicho en broma.

—¿Y a qué se dedican tus padres? —le pregunté.

Daisy volvió a reírse.

—Mi padre trabaja en el State Museum. Es guardia de seguridad. Le gusta, porque le interesa mucho la historia de Indiana, aunque básicamente vigila que nadie toque los huesos de mastodonte o lo que sea. Mi madre trabaja en una tintorería de Broad Ripple.

—¿Les contaste ya lo del dinero?

—Sí. Por eso Elena tiene la cuenta de ahorros para la universidad. Me hicieron depositarle diez mil dólares. Mi padre me dijo: «Elena haría lo mismo por ti si tuviera dinero». Y una mierda.

—¿No se enojaron?

—¿Porque llegara un día a casa con cincuenta mil dólares? No, Holmesy, no se enojaron.

Sentía algo filtrándose por la manga del abrigo desde el dedo corazón. Tenía que cambiarme la curita antes de Historia, tenía que pasar por todo el fastidioso ritual. Pero de momento me gustaba estar con Daisy. Me gustaba observar mi aliento caliente en el frío.

—¿Cómo está Davis? —me preguntó.

—No he hablado con él —le contesté—. No he hablado con nadie.

—Entonces estabas bastante mal.

—Sí —le dije.

—Lo siento.

—No es culpa tuya.

—¿Pensaste... piensas en suicidarte?

—Pensé que no quería seguir así.

—¿Sigues...?

—No lo sé —solté aire por la boca despacio y observé el vaho diluyéndose en el aire invernal—. Creo que quizá soy como el río Blanco. No navegable.

—Pero no es eso lo importante de la historia, Holmesy. Lo importante de la historia es que de todas formas construyeron la ciudad, ¿entiendes? Te las arreglas con lo que tienes. Tenían esta mierda de río, y se las arreglaron para construir alrededor una ciudad que está bien. Quizá no es una ciudad genial. Pero no está mal. No eres el río. Eres la ciudad.

—Así que ¿no soy mala?

—No. Eres un diez. Si puedes construir una ciudad de diez con una geografía de seis, está muy bien.

Me reí. Daisy se acostó a mi lado y me hizo un gesto para que yo también me acostara. Miramos hacia arriba, con la cabeza junto al tronco de aquel roble solitario, observamos el cielo gris más allá de la neblina de nuestra respiración, a través de las ramas sin hojas entrecruzadas.

No sé si se lo había contado a Daisy alguna vez, si se acostó precisamente en aquel momento porque sabía que me encantaba ver el cielo fragmentado. Pensé que ramas muy alejadas entre sí se cruzaban en mi campo de visión, que las estrellas de Casiopea estaban alejadas entre sí, aunque para mí estuvieran cerca.

—Ojalá lo entendiera —me dijo Daisy.

—No pasa nada. En realidad nadie entiende a nadie. Todos estamos encerrados en nosotros mismos.

—¿Te odias a ti misma? ¿Odias ser tú?

—No hay ningún yo al que odiar. Cuando miro dentro de mí, en realidad no hay un yo, sólo hay un montón de pensamientos, comportamientos y circunstancias. Y muchos de ellos no parecen míos. No son cosas que quiera pensar, hacer o lo que sea. Y cuando busco a mi Yo Real, no lo encuentro. Es como las muñecas rusas, ¿sabes? Esas que son huecas, y cuando las abres, dentro hay otra muñeca más pequeña, y sigues abriendo muñecas huecas hasta que al final llegas a la más pequeña, y es maciza. Pero en mi caso no creo que haya un yo macizo. Siguen haciéndose cada vez más pequeños.

—Me recuerda a una historia que cuenta mi madre —me dijo Daisy.

—¿Qué historia?

Oía que le castañeteaban los dientes al hablar, pero ninguna de las dos quería dejar de mirar el cielo enrejado.

—Un científico está dando una conferencia ante un gran público sobre la historia de la Tierra, y explica que la Tierra se formó hace miles de millones de años a partir de una nube de polvo cósmico, y durante un tiempo la Tierra estaba muy caliente, pero se enfrió lo suficiente para que se formaran océanos. Y en los océanos surgió vida unicelular, y tras miles de millones de años, la vida proliferó y se hizo más compleja, hasta que hace unos doscientos cincuenta mil años la evolución dio lugar a los humanos, y empezamos a utilizar herramientas más avanzadas, y al final construimos naves espaciales y todo lo demás.

»En fin, que el científico da su explicación sobre la historia de la Tierra y de la vida, y cuando termina pregunta si alguien tiene alguna pregunta. Una anciana de las últimas filas levanta la mano y dice: «Todo esto está muy bien, señor científico, pero la verdad es que la Tierra es plana y se apoya en el lomo de una tortuga gigante».

»El científico decide divertirse un rato con la mujer y le dice: «Bueno, si es así, ¿dónde se apoya esa tortuga gigante?».

»Y la mujer le contesta: «Se apoya en el caparazón de otra tortuga gigante».

»Ahora el científico se queda decepcionado y le dice: «Bueno, ¿y dónde se apoya esa segunda tortuga?».

»Y la anciana le contesta: «Señor, no lo entiende. Hay tortugas hasta el infinito».

Me reí.

—Tortugas hasta el infinito.

—Tortugas hasta el maldito infinito, Holmesy. Tú intentas encontrar la última tortuga, pero no funciona así.

—Porque hay tortugas hasta el infinito —repetí.

Y sentí algo parecido a una revelación espiritual.

Pasé por el salón de mi madre en los últimos minutos del descanso para comer. Cerré la puerta y me senté en una mesa frente a ella. Miré el reloj de la pared. Las 13:08. Tenía seis minutos. No necesitaba más.

—Hola —le dije.

—¿Va bien el primer día de tu vuelta?

Se sonó en un clínex. Estaba resfriada, pero había gastado conmigo todos los días que podía tomarse por enfermedad.

—Sí —le contesté—. Pero escúchame. Davis me dio dinero. Mucho dinero. Cincuenta mil dólares. No he gastado nada. Estoy ahorrándolo para la universidad.

Se puso tensa.

—Fue un regalo —añadí.

—¿Cuándo? —me preguntó.

—Mmm, hace un par de meses.

—Eso no es un regalo. Un collar es un regalo. Cincuenta mil dólares... no son un regalo. Si fuera tú, devolvería ese dinero a Davis. No creo que quieras sentirte en deuda con él.

—Pero yo no soy tú. Y no voy a devolvérselo.

Un segundo después me dijo:

—Es verdad. No eres yo.

Esperé a que me dijera algo más, a que me dijera por qué era un error quedarme con el dinero.

—Tu vida es tuya, Aza —me dijo por fin—, pero creo que si piensas en tu salud mental en los dos últimos meses...

—No ha sido por el dinero. Llevo mucho tiempo enferma.

—No como ahora. Necesito que estés bien, Aza. No puedo perder...

—Mamá, por favor, deja de decirlo. Sé que no quieres presionarme, pero me da la impresión de que estoy haciéndote daño, de que estoy atacándote o algo así, y eso hace que me sienta diez mil veces peor. Estoy haciendo lo que puedo, pero no puedo mantenerme cuerda por ti, ¿de acuerdo?

Se quedó un minuto en silencio y luego me dijo:

—El día que volviste a casa después del accidente, te llevé al baño, te llevé de vuelta a la cama, te tapé y supe que seguramente nunca volveré a agarrarte. Tienes razón. No dejo de decir que no puedo perderte, pero te perderé. Te he perdido. Y pensarlo es duro. Es muy duro. Pero tienes razón. No eres yo. Tomas tus propias decisiones. Y si estás guardando ese dinero para estudiar y estás tomando decisiones responsables, bueno, entonces yo...

No terminó la frase, porque sonó el timbre.

—Está bien —le dije.

—Te quiero, Aza.

—Yo también te quiero, mamá.

Quería decirle más cosas, encontrar la manera de expresar los polos magnéticos de mi amor por mi madre: «gracias lo siento gracias lo siento». Pero no lo conseguí, y de todas formas había sonado el timbre.

Antes de llegar a la clase de Historia, Mychal se interpuso en mi camino.

—Hola, ¿cómo estás? —me preguntó.

—Bien, ¿y tú?

—Daisy y yo terminamos.

—Ya me lo dijo.

—Estoy destrozado.

—Lo siento.

—Y ni siquiera se enojó, lo que hace que me sienta patético. Daisy cree que tengo que superarlo, pero todo me recuerda a ella, Holmesy, y ver que me ignora, que no aparece a la hora de comer... ¿No podrías hablar con ella?

En ese momento vi a Daisy en mitad del abarrotado pasillo, cabizbaja.

—¡Daisy! —grité.

Siguió caminando, así que volví a gritar, más alto. Levantó la mirada y se abrió paso hasta nosotros entre la multitud.

Coloqué a Daisy al lado de Mychal.

—Ustedes dos pueden hablar del otro conmigo, pero no pueden hablar de ustedes entre ustedes. Van a solucionarlo, porque es un fastidio. ¿De acuerdo? De acuerdo. Tengo que irme a clase de Historia.

Daisy me mandó un mensaje durante la clase. Gracias. Hemos decidido ser amigos.

> YO: Genial.
>
> ELLA: Pero amigos de los que se besan justo después de haber decidido ser amigos.
>
> YO: Estoy segura de que se solucionará.
>
> ELLA: Todo acaba solucionándose.

Como había sacado el celular, y en la clase estábamos viendo un video, decidí mandarle un mensaje a Davis. Perdona por llevar tanto tiempo sin contestarte. Hola. Te extraño.

Me contestó inmediatamente. ¿Cuándo nos vemos?

YO: ¿Mañana?

ÉL: ¿A las siete en el Applebee's?

YO: Perfecto.

22

Pensé que esa noche podría ir al Applebee's en el Toyota Camry plateado de mi madre, pero no me quitaba de la cabeza el accidente. Me parecía surreal y milagroso que tantos coches pudieran adelantarse sin chocar, y estaba segura de que cada vez que viera faros delante de mí daría un volantazo. Recordé el crujido que mató a Harold, el silencio que siguió y el tremendo dolor en mis costillas. Pensé que la parte más importante era la parte que duele y en el teléfono de mi padre, desaparecido para siempre. Intenté permitirme tener esos pensamientos, porque negarlos sólo servía para que se apoderaran de mí. Funcionó más o menos, como todo lo demás.

Llegué al Applebee's quince minutos antes. Davis ya estaba allí, y me abrazó en la entrada, antes de que fuéramos a sentarnos. Un pensamiento apareció en mi mente, innegable como el sol en un cielo sin nubes: «Va a querer meterte sus bacterias en la boca».

—Hola —le dije.

—Te extrañé.

Tras los nervios que había pasado en el coche, tenía el cerebro acelerado. Me dije a mí misma que pensar algo no era peligroso, que pensar no era actuar, que los pensamientos sólo son pensamientos.

A la doctora Karen Singh le gustaba decir que un pensamiento no deseado era como un coche pasándote por un costado cuando estás parado a un lado de la carretera, y me dije a mí misma que no tenía que subir a ese coche, que lo que tenía que decidir no era si tenía ese pensamiento o no, sino si me dejaba arrastrar por él o no.

Y entonces subí a ese coche.

Me senté en el gabinete, y Davis, en lugar de sentarse frente a mí, se sentó a mi lado y pegó su cadera a la mía.

—He hablado varias veces con tu madre —me dijo—. Creo que ya no le caigo tan mal.

¿A quién le importa si quiere meterme en la boca sus bacterias? Besarse está bien. Te sientes bien. Quiero besarlo. «Pero no quieres pescar *campylobacter*.» No la pescaré. «Pasarás semanas enferma. Quizá tengas que tomar antibióticos.» Para. «Entonces pescarás *C. diff.* O adquirirás Epstein-Barr por *campylobacter*.» Para. «Podrías quedarte paralítica, y todo porque lo besaste cuando en realidad no querías, porque meter la lengua en la boca de otra persona es un pinche asco.»

—¿Estás ahí? —me preguntó Davis.

—¿Qué? Sí —le contesté.

—Te pregunté cómo estás.

—Bien. Si te soy sincera, ahorita no estoy bien, pero estoy bien en general.

—¿Por qué no ahorita?

—¿Puedes sentarte enfrente?

—Mmm, sí, claro.

Se levantó y se trasladó a la banca de enfrente, lo que hizo que me sintiera mejor. En fin, por un momento.

—No puedo —le dije.

—¿Qué no puedes?

—Esto —le dije—. No puedo, Davis. No sé si podré algún día. Sé que esperas que esté mejor, y de verdad te agradezco tus mensajes y todo lo demás. Eres... eres muy amable, pero seguramente esto es lo mejor que puedo estar.

—Me gustas así.

—No, no te gusto así. Quieres que fajemos, que nos sentemos juntos a la mesa y hagamos lo que hacen las parejas normales. Porque tú eres normal.

Se quedó callado un minuto.

—Quizá no te resulto atractivo.

—No es eso —le dije.

—Quizá sí.

—No. No es que no quiera besarte, que no me guste besar ni nada parecido... Mi cerebro dice que besar es una de las muchas cosas que van a matarme. Que van a matarme de verdad. Pero ni siquiera se trata de morir. Si supiera que estoy muriéndome y te besara para despedirme de ti, mi último pensamiento no sería sobre el hecho de que estoy muriéndome. En lo que pensaría, literalmente, sería en los ochenta millones de microbios que acabamos de intercambiar. Sé que cuando me tocaste, hace un momento, no pesqué una enfermedad, o seguramente no la pesqué. Mierda, ni siquiera puedo decir que seguro que no la pesqué, porque me aterroriza. Ni siquiera puedo nombrarla, ¿sabes? No puedo.

Sabía que estaba haciéndole daño. Lo veía porque no dejaba de parpadear. Veía que no lo entendía, que no podía entenderlo. No era culpa suya. No tenía sentido. Yo era una historia llena de lagunas.

—Parece muy angustiante —me dijo.

Asentí.

—¿Sientes que estás mejor? —me preguntó.

Todo el mundo quería que le contara esa historia: de la oscuridad a la luz, de la debilidad a la fuerza, de lo fragmentado a lo completo. Yo también la quería.

—Puede ser —le contesté—. Sinceramente, me siento muy frágil. Me siento como si hubieran pegado mis trozos con esparadrapo.

—Conozco esa sensación.

—¿Y tú cómo estás?

Se encogió de hombros.

—¿Y Noah? —le pregunté.

—Mal.

—Mmm, cuéntame un poco —le dije.

Echa de menos a mi padre. Es como si Noah fuera dos personas. Está el chico que bebe vodka malo y es el cabecilla de su pequeña banda de pseudomatones de segundo de prepa. Y está el niño que algunas noches se mete en mi cama y llora. Es como si creyera que si la caga lo suficiente, mi padre no tendrá más remedio que salir de su escondite.

—Está destrozado —le dije.

—Sí, bueno. ¿No lo estamos todos? Es... No quiero hablar de mi vida, si no te importa.

Se me pasó por la cabeza que seguramente a Davis le gustaba lo que desesperaba a Daisy, que yo no hiciera muchas preguntas. Todo el mundo sentía curiosidad por la vida del chico multimillonario, pero yo había estado demasiado encerrada en mí misma para interrogarlo.

La conversación fue languideciendo poco a poco. Empezamos a hablar como dos viejos amigos que se encuentran después de mucho tiempo, como si nos pusiéramos al corriente de nuestras vidas en lugar de vivirlas juntos. Cuando Davis pagó la cuenta, yo sabía que, hubiéramos sido lo que hubiéramos sido, ya no lo éramos.

Una vez en casa y en la cama, le mandé un mensaje. ¿Estás ahí?

Tú no puedes de la otra manera, me contestó. Y yo no puedo de ésta.

> YO: ¿Por qué?
>
> ÉL: Me da la sensación de que sólo te gusto a distancia. Necesito gustar de cerca.

Pasé un buen rato tecleando y borrando, tecleando y borrando. No llegué a contestar.

Al día siguiente, en la escuela, cruzaba la cafetería en dirección a nuestra mesa cuando Daisy vino hacia mí.

—Holmesy, tenemos que hablar a solas.

Me sentó en una mesa casi vacía, a varias sillas de distancia de unos alumnos de primer año.

—¿Volviste a terminar con Mychal?

—No, claro que no. Lo mágico de ser sólo amigos es que no puedes terminar. Creo que este rollo de ser sólo amigos me ha descubierto el secreto del universo. Pero no, nos vamos de expedición.

—¿Quiénes?

—¿Crees que ya te recuperaste lo suficiente para, por ejemplo, meterte debajo de la ciudad de Indianápolis para ver una exposición combativa?

—¿Qué?

—Sí, ¿recuerdas que le di la idea a Mychal de que hiciera un montaje fotográfico con presos condenados que resultaron ser inocentes?

—Bueno, la idea fue básicamente suya...

—No nos perdamos en los detalles, Holmesy. El caso es que lo hizo y lo presentó a un colectivo artístico súper cool, Known City, y van a exponerlo el viernes por la noche en un evento llamado Underground Art, que consistirá en convertir una parte del túnel del Pogue's Run en una galería de arte.

El Pogue's Run es un riachuelo que cruza la ciudad por un túnel y desemboca en el río Blanco. La compañía de Pickett debía ampliar ese túnel, pero no llegaron a terminar las obras. Parecía un sitio extraño para una exposición.

—La verdad es que no quiero pasar la noche de un viernes en una exposición ilegal.

—No es ilegal. Tienen permiso. Es súper underground. Literalmente underground.

Puse mala cara.

—Es lo más cool que se ha hecho en Indianápolis, y mi «solo amigo» expone una obra. No te sientas obligada a estar ahí, claro, pero... ven.

—No quiero estar ahí esperando.

—Estaré nerviosa, rodeada de gente más cool que yo, y me gustaría mucho que mi mejor amiga estuviera conmigo.

Abrí la bolsa que contenía mi sándwich de crema de cacahuate y miel y le di un mordisco.

—Lo estás pensando —me dijo entusiasmada.

—Lo estoy pensando —admití. Y después de haberme tragado el trozo de sándwich le dije—: De acuerdo, iré.

—¡Sí! ¡Sí! Pasaremos a buscarte el viernes a las seis y cuarto. Será increíble.

Me sonrió de una manera que no pude evitar sonreírle yo también.

En voz tan baja que ni siquiera estaba segura de que pudiera oírme, le dije:

—Te quiero, Daisy. Sé que tú me lo dices a todas horas y que yo nunca te lo digo, pero te quiero.

—Ah, mierda. No te pongas tan tierna conmigo, Holmesy.

Mychal y Daisy aparecieron por delante de mi casa a las seis y cuarto en punto. Daisy llevaba un vestido con mallas eclipsado por su enorme anorak, y Mychal llevaba un traje gris claro un poco grande para él. Yo me había puesto una camiseta de manga larga, unos jeans y un abrigo.

—No sabía que tenía que vestirme de gala para meterme en una alcantarilla —dije avergonzada.

—Alcantarilla artística —me dijo Daisy sonriendo.

Me pregunté si debía cambiarme, pero Daisy me agarró del brazo.

—Holmesy, estás fantástica. Eres... tú misma.

Me senté en el asiento trasero de la camioneta de Mychal, y mientras bajábamos por Michigan Road, Daisy puso una de nuestras canciones favoritas, «Eres mi chica». Daisy y yo cantamos a gritos, y Mychal se reía. Ella hacía de solista, y yo berreaba la segunda voz, que sólo repetía «Lo eres todo todo todo», y sentía que lo era. Eres el fuego y el agua que lo apaga. Eres la narradora, la protagonista y su compinche. Eres la que cuenta la historia y la historia que se cuenta. Eres algo de alguien, pero también eres tu tú.

Luego Daisy puso una balada romántica, que cantó con Mychal. Yo empecé a pensar en tortugas hasta el infinito. Pensaba que quizá tanto la anciana como el científico tenían razón. El mundo tiene miles de millones de años, y la vida es producto de la mutación genética y todo eso. Pero el mundo también es las historias que contamos de él.

Mychal dobló en la calle 10 y siguió hasta que llegamos a una tienda de artículos para albercas con un rótulo parpadeante que decía ALBERCAS ROSENTHAL. El estacionamiento ya estaba medio lleno. Daisy quitó la música mientras Mychal se estacionaba. Salimos del coche y nos vimos rodeados de una extraña mezcla de veinteañeros hípsters y parejas de mediana edad. Todo el mundo parecía conocerse, menos nosotros, así que los tres nos quedamos un buen rato en silencio junto al coche de Mychal, observando la escena, hasta que una mujer de mediana edad vestida de negro se acercó.

—¿Vinieron al evento? —nos preguntó.

—Sí, mmm, soy Mychal Turner —dijo Mychal—. Hay una, mmm, obra mía en la exposición.

—¿*Preso 101*?

—Sí, es mía.

—Soy Frances Oliver. Creo que *Preso 101* es una de las mejores obras de la exposición. Y soy la comisaria, así que sé lo que digo. Vengan, vengan, bajaremos juntos. Me encantaría que me hablaras de tu trabajo.

Frances y Mychal empezaron a cruzar el estacionamiento, pero cada pocos segundos Frances se detenía y decía: «Oh, tengo que presentarte a...», y parábamos un momento para que le presentara a un artista, a un coleccionista o a un «socio financiero». Poco a poco Mychal fue engullido por toda la gente a la que le encantaba *Preso 101* y quería hablar con él de su obra, y tras quedarnos un buen rato detrás de él, al final Daisy lo tomó de la mano y le dijo:

—Nosotras bajamos a la exposición. Disfruta de esto. Estoy muy orgullosa de ti.

—Voy con ustedes —dijo Mychal dando la espalda al grupo de alumnos de Herron, la facultad de arte de la ciudad.

—No, diviértete. Tienes que conocer a toda esta gente para que te compren tus fotografías.

Mychal sonrió, le dio un beso y volvió con su multitud de fans.

Cuando Daisy y yo llegamos al final del estacionamiento, vimos una linterna moviéndose entre los árboles, así que bajamos una pequeña colina en dirección a la luz hasta llegar a un gran cauce de concreto por el que discurría un pequeño riachuelo de agua, que podía saltarse fácilmente. Nos acercamos al hombre con barba que movía la linterna, que nos dijo que se llamaba Kip y nos dio cascos con foco y una linterna.

—Sigan el túnel unos doscientos metros, luego giren a la izquierda y estarán en la exposición.

La luz de mi casco recorrió el riachuelo. Vi en la distancia el principio del túnel, un cuadrado negro metido en la ladera de una colina. A la entrada de la alcantarilla había un carrito de supermercado volcado, sujeto con una roca cubierta de musgo. Mientras nos dirigíamos a la entrada del túnel, levanté la mirada y vi las siluetas negras de los arces sin hojas fragmentando el cielo.

El riachuelo recorría la parte izquierda del túnel. Avanzamos por una especie de acera de concreto ligeramente elevada a la derecha del riachuelo. La peste nos rodeó de inmediato, una peste a alcantarilla y un empalagoso olor a podrido. Pensé que mi nariz se acostumbraría, pero no se acostumbró.

Unos pasos más allá empezamos a oír ratas corriendo por el lecho del riachuelo. También oíamos voces, en eco, conversaciones ininteligibles que parecían proceder de todas partes. Los focos de los cascos iluminaron los grafitis de las paredes, tags en letras pintadas con espray, pero también dibujos hechos con plantilla y frases. El foco de Daisy iluminó el dibujo de una gran rata tomándose una botella de vino con la leyenda: EL REY DE LAS RATAS SABE SUS SECRETOS. Otra pinta, garabateada encima de lo que parecía pintura blanca, decía: NO SE TRATA DE CÓMO MUERES. SE TRATA DE QUIÉN ERES CUANDO MUERES.

—Esto es un poco asqueroso —susurró Daisy.

—¿Por qué susurras?

—Porque estoy asustada —susurró—. ¿Ya caminamos doscientos metros?

—No sé. Pero oigo a gente acercarse.

Me giré, iluminé la entrada del túnel, y dos hombres de mediana edad nos saludaron con la mano.

—¿Lo ves? —le dije—. No pasa nada.

El riachuelo ya no era una corriente de agua, sino un charco que se movía muy despacio. Vi una rata cruzarlo corriendo sin siquiera mojarse la nariz.

—Eso era una rata —dijo Daisy en tono tenso.

—Vive aquí. Los invasores somos nosotros.

Seguimos andando. Parecía que la única luz del mundo eran los rayos amarillos de los focos de los cascos y de las linternas, casi como si todos los que estábamos allí nos hubiéramos convertido en rayos de luz avanzando por el túnel en pequeños grupos.

Frente a nosotras vi focos girando a la izquierda, hacia un túnel lateral de unos dos metros y medio de alto. Saltamos el riachuelo, pasamos un cartel que decía PROYECTO DE PICKETT ENGINEERING y entramos en el túnel de concreto lateral.

Como la única luz que iluminaba las obras de arte era la de los focos de los cascos y las linternas, los cuadros y las fotografías de las paredes parecían enfocarse y desenfocarse. Para ver la fotografía de Mychal entera, había que colocarse en el otro extremo del túnel. La obra era realmente buena. El *Preso 101* parecía una persona real, aunque estaba hecho con partes de cien fotos policiales que Mychal había encontrado de hombres encarcelados por asesinato y posteriormente declarados inocentes. Ni siquiera de cerca habría podido decir que el *Preso 101* no era real.

Las demás obras también estaban bien —grandes cuadros abstractos con formas geométricas de contornos nítidos, una instalación de viejas sillas de madera amontonadas hasta el techo, una enorme fotografía de un niño saltando en una cama elástica colocada en medio de un inmenso campo de trigo segado—, pero la que más me gustó fue la de Mychal, y no porque fuera amigo mío.

Al rato oímos voces acercándose, y el espacio se llenó de gente. Alguien había instalado una minicadena, y la música empezó a resonar por el túnel. Repartieron vasos de plástico y luego botellas de vino, había cada vez más ruido, y aunque allí dentro hacía mucho frío, empecé a sudar y le pregunté a Daisy si quería que fuéramos a dar una vuelta.

—¿Una vuelta?

—Sí, no sé, por el túnel.

—Quieres que demos una vuelta por el túnel.

—Sí, bueno, si no quieres, no.

Señaló la oscuridad más allá de la luz de nuestros focos.

—Estás proponiéndome que nos metamos en ese agujero.

—No te digo que caminemos dos kilómetros. Sólo a echar un vistazo.

Daisy suspiró.

—Bueno, de acuerdo. Vamos a dar una vuelta.

En sólo un minuto el aire volvió a ser fresco. El túnel estaba muy oscuro y se curvaba formando un gran arco. Dejamos de ver la luz de la exposición. Aún oíamos la música y a la gente hablando, pero parecían distantes, como cuando pasas en coche por delante de una fiesta.

—No entiendo que puedas estar tan tranquila aquí dentro, cinco metros por debajo del centro de Indianápolis, con mierda de rata hasta los tobillos, pero que te dé un ataque de pánico cuando crees que se te ha infectado el dedo.

—No lo sé. Esto no da miedo.

—Sí da miedo, objetivamente.

Apagué la linterna. Alcé el brazo y apagué también el foco del casco.

—Apaga tu foco —le dije.

—Mierda, no.

—Apágalo. No va a pasar nada.

Lo apagó y todo se quedó a oscuras. Sentí que mis ojos intentaban ajustarse a la luz, pero no había luz a la que ajustarse.

—Ahora no ves las paredes, ¿verdad? No ves las ratas. Da varias vueltas y no sabrás por dónde se sale y por dónde se entra. Eso sí da miedo. Ahora imagina que no pudiéramos hablar, que no oyéramos la respiración de la otra.

Imagina que no tuviéramos sentido del tacto, así que aunque estuviéramos una al lado de la otra, no lo sabríamos.

»Imagina que estás intentando encontrar a alguien, incluso que estás intentando encontrarte a ti misma, pero no tienes sentidos, no hay manera de saber dónde están las paredes, qué camino va hacia delante y qué camino va hacia atrás, qué es agua y qué es aire. No tienes sentidos ni forma. Sientes que sólo puedes describir lo que eres identificando lo que no eres, y vas a la deriva en un cuerpo sin control. No logras decidir quién te gusta, dónde vives, cuándo comes o a qué tienes miedo. Estás ahí encerrada, totalmente sola, en la oscuridad. Eso da miedo. Esto —le dije encendiendo la luz—. Esto es control. Esto es poder. Puede haber ratas, arañas o lo que demonios haya. Pero nosotras lo iluminamos, no al revés. Sabemos dónde están las paredes, dónde está la entrada y dónde la salida. Esto —le dije apagando la luz— es cómo me siento cuando tengo miedo. Esto —le dije volviendo a encender la luz— es un paseo por el puto parque.

Caminamos un rato en silencio.

—¿Tan mal la pasas? —me preguntó por fin.

—A veces —le contesté.

—Pero después tus focos vuelven a funcionar.

—Hasta ahora sí.

A medida que avanzábamos por el túnel y la música se oía cada vez menos, Daisy se calmó un poco.

—Estoy pensando en matar a Ayala —me dijo—. ¿Lo tomarías como algo personal?

—No —le contesté—. Aunque empezaba a caerme bien.

—¿Leíste mi último relato?

—¿Ése en el que van a Ryloth a entregar transformadores? Me encantó la escena en la que Rey y Ayala están esperando a un tipo en un bar y hablan. Me gustan tus escenas de acción y todas las demás, pero ese diálogo es mi favorito. Y me gustó también fajar con un twi'lek. Bueno, que fajara Ayala, supongo. Cuando te leo siento que es real, como si de verdad estuviera ahí.

—Gracias —me dijo—. Por lo que dices, quizá no debería matarla.

—No me importa que la mates. Pero hazla morir como una heroína.

—Ah, claro. Tiene que morir como una heroína. Pensaba en que se sacrificara por el bien común, en plan *Rogue One*. ¿Te parece bien?

—Por mí perfecto.

—Uf, ¿no huele cada vez peor? —me preguntó.

—Mejor seguro que no —admití.

Olía cada vez más a basura podrida y a heces, y al pasar un ramal del túnel, Daisy dijo que quería dar media vuelta, pero a lo lejos vi un punto de luz gris y quise ver qué había al final.

A medida que avanzábamos, el sonido de la ciudad se incrementaba poco a poco y el olor mejoraba, porque estábamos cerca del aire libre. La luz gris aumentó hasta que llegamos al extremo del túnel. Estaba abierto, sin terminar. El chorrito de agua que se suponía que había que desviar del río Blanco caía directamente en él, a unos dos pisos por debajo de nosotras.

Miré hacia arriba. Eran las diez de la noche pasadas, pero nunca había visto la ciudad tan brillante, tan cegadora. Lo veía todo: el musgo verde en las piedras del río; las burbujas doradas de la espuma en el punto en el que caía el agua; los árboles en la distancia inclinados sobre el agua como el techo de una capilla; los cables eléctricos hundiéndose en el río por debajo de nosotras; un gran molino plateado ridículamente inmóvil a la luz de la luna; rótulos luminosos de Speedway y del Chase Bank a lo lejos.

Indianápolis es tan plana que nunca puedes mirar hacia abajo. No es una ciudad con vistas espectaculares. Pero ahora tenía una, en el lugar más inesperado, la ciudad se extendía ante mí y por debajo de mí, y tardé un minuto en recordar que era de noche, que aquel paisaje iluminado por una luz plateada es a lo que, desde el suelo, llamábamos oscuridad.

Daisy me sorprendió sentándose en la orilla de la acera de concreto con las piernas colgando. Me senté al otro lado del chorro de agua y observamos la misma escena juntas durante un largo rato.

Aquella noche salimos al campo, hablamos de la universidad, de besarse, de religión, de arte, y no sentí que estuviera viendo una película de nuestra conversación. Estaba conversando. Escuchaba a Daisy, y sabía que ella me escuchaba a mí.

—Me pregunto si algún día acabarán esto —me dijo Daisy en un momento dado.

—Espero que no. Bueno, me parece bien que el río esté limpio, pero me gustaría volver aquí dentro de diez años o veinte o los que sean. En lugar de ir a la reunión de ex alumnos de la prepa, quiero venir aquí.

Quise decirle: «Contigo».

—Sí —me dijo Daisy—. Que dejen el Pogue's Run sucio, porque la vista desde el túnel inacabado es espectacular. Gracias, Russell Pickett, por ser un corrupto y un incompetente.

—Pogue's Run —murmuré—. Espera, ¿dónde nace el Pogue's *Run*? ¿Dónde está la boca del río?

—La boca de un río es donde desemboca, no donde nace. Ésta es la boca del Pogue's Run.

La observé cayendo en la cuenta.

—Pogue's Run. Carajo, Holmesy. Estamos en la boca del corredor.

Me levanté. Por alguna razón, sentía que Pickett podría estar justo detrás de nosotras, que podría empujarnos desde el túnel y lanzarnos al río.

—Ahora sí que estoy un poco asustada —le dije.

—¿Qué vamos a hacer?

—Nada. Nada. Nos damos media vuelta, volvemos a la fiesta, nos juntamos con esa gente sofisticada del mundo del arte y volvemos a casa a nuestra hora —empecé a caminar hacia la música—. Se lo diré a Davis, y él sabrá lo que hay que hacer. Que él decida si se lo dice a Noah. No diremos una palabra a nadie más.

—Muy bien —me dijo acelerando el paso para alcanzarme—. Pero ¿está aquí ahorita?

—No lo sé. Creo que no es cosa nuestra.

—Bueno, pero ¿cómo ha podido estar aquí tanto tiempo?

Suponía cómo, pero no dije nada.

—Uf, qué peste hace... —susurró Daisy. Y su voz se apagó.

Creemos que resolver misterios nos permitirá zanjarlos, que cerrar el círculo reconfortará y tranquilizará nuestra mente. Pero nunca es así. La verdad siempre defrauda. Mientras recorríamos la zona de la exposición buscando a Mychal, no sentía que hubiera encontrado la muñeca rusa maciza. En realidad no había resuelto nada. Era como lo que había dicho el zoólogo sobre la ciencia: nunca encuentras respuestas, sólo preguntas más profundas.

Al final encontramos a Mychal frente a su fotografía, apoyado en la pared, hablando con dos mujeres mayores. Daisy se acercó y lo tomó de la mano.

—Lamento interrumpir la fiesta —dijo—, pero este famoso artista tiene que llegar a casa a su hora.

Mychal se rio, y los tres salimos por el túnel hasta el estacionamiento asfaltado, y luego hasta la camioneta. Cuando cerré la puerta, Mychal dijo:

—Ha sido la mejor noche de mi vida gracias por venir oh no lo creo ha sido lo mejor que me ha pasado nunca me siento como si fuera a ser un artista, un artista de verdad. Ha sido increíble. ¿Ustedes se la pasaron bien?

—Cuéntanoslo todo —le dijo Daisy sin contestar a su pregunta.

Cuando llegué a casa, mi madre estaba sentada en la mesa de la cocina, tomándose una taza de té.

—¿Qué es esa peste? —me preguntó.

—Aguas residuales, olor corporal, moho..., una mezcla de cosas diversas.

—Estoy preocupada, Aza. Me preocupa que pierdas el contacto con la realidad.

—No lo pierdo. Sólo estoy cansada.

—Esta noche esperas un poco y hablas conmigo.

—¿De qué?

—De dónde has estado, de lo que has hecho, de con quién has ido. De tu vida.

Se lo conté. Le conté que Daisy, Mychal y yo habíamos ido a una exposición de una sola noche bajo tierra, que Daisy y yo habíamos ido caminando hasta el final del túnel que la empresa de Pickett no había terminado, le conté lo de salir al campo, le conté lo de la boca del corredor, le dije que pensaba que Pickett podría estar allí y le hablé de la peste.

—¿Vas a decírselo a Davis? —me preguntó.

—Sí.

—Pero no a la policía.

—No. Si se lo digo a la policía y está allí muerto, la casa de Davis y de Noah dejará de ser suya. Será de una tuátara.

—¿Una qué?

—Una tuátara. Parece un lagarto, pero no lo es. Los tuátaras son unos reptiles descendientes de los dinosaurios. Viven unos ciento cincuenta años, y Pickett le dejó todo a una tuátara en su testamento. La casa, la empresa, todo.

—Locuras de ricos —murmuró mi madre—. A veces crees que estás gastando dinero, pero el dinero te gasta a ti —miró la taza de té y volvió a mirarme a mí—. Pero sólo si lo adoras. Te vuelves esclavo de lo que adoras.

—Pues tendremos cuidado con lo que adoramos —le dije.

Mi madre sonrió y me mandó a que me bañara. Debajo del agua me preguntaba qué adoraría de mayor, y cómo eso acabaría curvando el arco de mi vida en una dirección u otra. Aún estaba en el principio. Aún podía ser cualquier persona.

23

A la mañana siguiente, sábado, me desperté muy descansada. La lluvia helada golpeaba la ventana de mi habitación. Los inviernos de Indianápolis raras veces ofrecen esa bonita nieve en la que se puede esquiar o ir en trineo. Nuestras precipitaciones invernales suelen ser un conglomerado llamado «mezcla invernal», que incluye granizo, lluvia helada y viento.

No hacía tanto frío —unos dos grados—, pero afuera aullaba el viento. Me levanté, me vestí, comí un cereal, me tomé una pastilla y vi un rato la tele con mi madre. Pasé la mañana sin hacer nada. Sacaba el celular, empezaba a escribirle un mensaje a Davis y dejaba el celular. Volvía a agarrarlo, pero no. Aún no. Nunca me parecía el momento adecuado. Pero nunca es el momento adecuado, claro.

Recuerdo que cuando mi padre murió, durante un tiempo en mi cabeza era verdad y no verdad a la vez. Durante semanas pude hacer que apareciera con vida. Lo imaginaba acercándose, bañado en sudor, después de haber podado el césped, y él intentaba abrazarme, pero yo me apartaba de sus brazos porque ya entonces el sudor me sacaba de quicio.

O estaba en mi habitación, acostada boca abajo, leyendo un libro, miraba la puerta y lo imaginaba abriéndola, y de repente estaba en la habitación conmigo y lo observaba arrodillándose para darme un beso en la cabeza.

Luego me resultó cada vez más difícil convocarlo, sentir su olor, sentir que me tomaba en brazos. Mi padre murió de repente, pero también con el paso de los años. En realidad, seguía muriéndose, lo que supongo que quería decir que también seguía viviendo.

Suelen decir que una línea separa claramente la imaginación de la memoria, pero no existe esa línea, al menos para mí. Yo recuerdo lo que he imaginado, e imagino lo que recuerdo.

Al final mandé un mensaje a Davis a las doce del mediodía: Tenemos que hablar. ¿Puedes pasar hoy por mi casa?

Me contestó: Hoy no hay nadie que pueda quedarse con Noah. ¿Puedes venir tú?

Tengo que hablar contigo a solas, le escribí. Quería que Davis pudiera decidir si se lo contaba a su hermano o no.

Puedo ir a las cinco y media.

Gracias. Nos vemos.

El día transcurrió con una lentitud agónica. Intenté leer, mandar mensajes a Daisy y ver la tele, pero nada conseguía que el tiempo avanzara más deprisa. No sabía si la vida se había congelado en aquel momento o en el momento inmediatamente posterior.

Hacia el cuarto para las cinco estaba leyendo en la sala y mi madre estaba con sus recibos.

—Davis va a venir un momento —le dije.

—Está bien. Tengo que hacer un par de cosas. ¿Necesitas algo del supermercado?

Le dije que no con la cabeza.

—¿Estás nerviosa?

—¿No podríamos llegar al acuerdo de que yo te avise cuando tenga un problema de salud mental y tú dejes de preguntármelo?

—Es imposible que no me preocupe, cariño.

—Lo sé, pero también es imposible que no sienta el peso de tu preocupación como una losa en el pecho.

—Lo intentaré.

—Gracias, mamá. Te quiero.

—Yo también te quiero. Mucho.

Me desplacé por las infinitas opciones que me ofrecía la televisión, ninguna especialmente convincente, hasta que oí a Davis llamando a la puerta suavemente, como inseguro.

—Hola —le dije, y lo abracé.

—Hola.

Le indiqué con un gesto que se sentara en el sofá.

—¿Cómo estás? —me preguntó.

—Escúchame —le dije—. Davis, tu padre. Sé dónde está la boca del corredor. Es la desembocadura del Pogue's Run, donde la empresa dejó las obras sin terminar.

Hizo una mueca y asintió.

—¿Estás segura?

—Casi segura —le contesté—. Creo que podría estar ahí. Daisy y yo estuvimos ayer noche y...

—¿Lo vieron?

Le dije que no con la cabeza.

—No. Pero tiene sentido que la boca del corredor sea la desembocadura del Pogue's Run.

—Pero sólo es una nota de su teléfono. ¿Crees que ha pasado tanto tiempo ahí metido? ¿Escondido en una alcantarilla?

—Puede ser. Pero..., bueno, no lo sé.

—¿Pero?

—No quiero preocuparte, pero olía fatal. Realmente fatal.

—Podría ser cualquier cosa —me dijo.

Pero vi el miedo en su cara.

—Lo sé, sí, tienes razón, podría ser cualquier cosa.

—Nunca he pensado... Nunca me he permitido pensar...

Y no pudo seguir hablando. Al final, de su interior brotó un llanto que me hizo pensar en el cielo abriéndose. Cayó sobre mí y lo llevé al sofá. Su caja torácica se movía a toda velocidad. No sólo Noah echaba de menos a su padre.

—Está muerto, ¿verdad?

—No lo sabes —le dije.

Pero Davis lo sabía. Eso explicaba que no hubieran encontrado su rastro y que no los hubiera contactado. Estaba muerto desde el principio.

Se acostó y yo me acosté a su lado. Apenas cabíamos en el viejo sofá. Davis decía «¿qué hago?, ¿qué hago?» con la cabeza apoyada en mi hombro. Yo me preguntaba si había sido un error decírselo. «¿Qué hago?», repetía una y otra vez, en tono suplicante.

—Seguir adelante —le dije—. Tienes siete años. Haya pasado lo que haya pasado, legalmente no pueden darlo por muerto hasta dentro de siete años, y tendrán la casa y todo lo demás. Es mucho tiempo para preparar otra vida, Davis. Hace siete años, tú y yo aún no nos habíamos conocido, ¿sabes?

—Ahora no nos queda nadie —murmuró.

Me habría gustado decirle que me tenía a mí, que podía contar conmigo, pero no era cierto.

—Tienes a tu hermano —le dije.

Volvió a derrumbarse, y nos quedamos mucho rato abrazados, hasta que mi madre llegó del supermercado. Davis y yo nos incorporamos de un salto, aunque no estábamos haciendo nada.

—Perdón por interrumpir —dijo mi madre.

—Ya me iba —dijo Davis.

—No tienes por qué irte —dijimos mi madre y yo a la vez.

—Sí, tengo que irme —se inclinó y me abrazó con un solo brazo—. Gracias —me susurró, aunque yo no estaba segura de haberle hecho un favor.

Davis se detuvo un segundo en la puerta y se giró para mirarnos a mi madre y a mí, que para él debíamos de ser la imagen de la felicidad doméstica. Pensé que iba a decir algo, pero sólo nos dijo adiós con la mano, con gesto tímido y torpe, cruzó la puerta y desapareció.

Era una noche tranquila en la casa de los Holmes. La verdad es que podría haber sido una noche cualquiera. Yo estaba haciendo un trabajo sobre la guerra civil para la clase de Historia. Afuera, el día —que no había sido especialmente luminoso— se diluía en la oscuridad. Le dije a mi madre que me iba a dormir, me puse la pijama, me lavé los dientes, me cambié la curita del dedo, que tenía costra, me metí en la cama y mandé un mensaje a Davis. Hola.

Como no me contestó, escribí a Daisy. He hablado con Davis.

ELLA: ¿Qué tal?

YO: No muy bien.

ELLA: ¿Quieres que vaya a tu casa?

YO: Sí.

ELLA: Voy para allá.

Una hora después, Daisy y yo estábamos acostadas en mi cama, con las laptops en la barriga. Yo leía el último relato de Ayala. Cada vez que me reía, Daisy me preguntaba «¿De qué te ríes?», y yo se lo contaba. Cuando lo terminé, nos quedamos acostadas en la cama, mirando al techo.

—Bueno —dijo Daisy al rato—, al final todo salió bien.

—¿Qué dices?

—Nuestras heroínas se hicieron ricas y nadie sufrió daños.

—Todo el mundo sufrió daños —puntualicé.

—Quiero decir que no ha habido heridos.

—¡Me lesioné el hígado!

—Bueno, está bien, lo había olvidado. Al menos nadie murió.

—¡Harold murió! ¡Y seguramente Pickett!

—Holmesy, estoy intentando hacer un final feliz. Deja de echármelo a perder.

—Tengo mucho de Ayala —le contesté.

—Pues Ayala.

—El problema de los finales felices es que o no son de verdad felices, o no son de verdad finales, ¿sabes? En la vida real, unas cosas van mejor y otras peor. Y al final mueres.

Daisy se rio.

—Como siempre, Aza Aguafiestas Holmes está aquí para recordarte cómo acaba realmente la historia, con la extinción de nuestra especie.

Me reí.

—Bueno, pero es el único final real.

—No, Holmesy. Tú eliges tus finales y tus principios. Eliges el encuadre, ¿sabes? Quizá no eliges qué aparece en la foto, pero decides el encuadre.

Davis no me contestó, ni siquiera cuando un par de días después volví a mandarle un mensaje. Pero escribió en su blog.

> Y, como la infundada trama de esta visión / torres orladas de nubes, espléndidos palacios / templos solemnes, y hasta el mismísimo globo, / sí, y con él quienes lo hereden, han de disolverse / y, tal como esta tramoya insustancial, / se desvanecerán sin dejar rastro.
>
> WILLIAM SHAKESPEARE
>
> Entiendo que nada dura. Pero ¿por qué tengo que echar tanto de menos a todo el mundo?

24

Transcurrido un mes, justo después de las vacaciones de Navidad, me levanté temprano una mañana y llené un par de tazones de cereal para mi madre y para mí. Estaba comiendo delante de la tele cuando entró mi madre, aún en pijama, aturdida.

—Qué tarde es —me dijo—. He apagado la alarma veinte veces.

—Te preparé el desayuno —le dije cuando se sentó a mi lado en el sofá.

—Los Cheerios no los preparas tú —me dijo.

Me reí. Mi madre comió un poco y corrió a vestirse. Nunca se estaba quieta.

Al volver a mirar la tele, vi un rótulo rojo de últimas noticias pasando por la parte inferior de la pantalla. Un reportero estaba delante de las puertas de la finca de los Pickett. Tomé el control sin apartar los ojos de la pantalla y activé el sonido.

«Según nuestras fuentes, aunque no se ha identificado con seguridad a Pickett, las autoridades creen que el cuerpo hallado en un ramal del túnel del Pogue's Run es en efecto el del multimillonario magnate de la construcción Russell

Davis Pickett. Una fuente cercana a la investigación contó a Eyewitness News que probablemente Pickett murió "unos días" después de su desaparición, y aunque no disponemos de confirmación oficial, varias fuentes nos informan de que la policía encontró el cuerpo de Pickett tras una llamada anónima.»

Mandé un mensaje a Davis inmediatamente. Acabo de ver las noticias. Lo siento, Davis. Sé que te lo he dicho muchas veces, pero lo siento. Lo siento mucho.

No me contestó, así que añadí: Quiero que sepas que ni Daisy ni yo llamamos a la policía. No dijimos nada a nadie.

Ahora vi los puntos suspensivos. Lo sé. Fuimos nosotros. Lo decidimos Noah y yo.

Entró mi madre poniéndose unos aretes y los zapatos a la vez. Debía de haber oído el final de la noticia, porque me dijo:

—Aza, deberías llamar a Davis. Va a ser un día muy duro para él.

—Estaba mandándole un mensaje —le dije—. Fueron ellos los que le dijeron a la policía dónde buscar.

—Es increíble que toda su fortuna vaya a ir a parar a un lagarto.

Podrían haber esperado siete años, cuando menos, hasta que se declarara muerto a Pickett —siete años más viviendo en aquella casa, siete años más teniendo lo que quisieran—, pero decidieron que se lo llevara todo la tuátara.

—Supongo que no podían dejar a su padre ahí —le dije—. Quizá no debería haberle contado lo de la boca del corredor.

Al fin y al cabo, era culpa mía. Un terror helado me recorrió. Lo había obligado a elegir entre abandonar a su padre y abandonar sus vidas.

—No seas cruel contigo misma —me dijo mi madre—. Es obvio que para él saber la verdad era más importante que la casa, y tampoco va a quedarse en la calle, Aza.

Intenté escucharla, pero era evidente que aquella sensación crecía dentro de mí. Por un momento intenté resistirme, pero sólo por un momento. Me quité la curita, clavé la uña en el dedo y me hice una cortada justo donde la anterior se había cerrado por fin.

En el baño, mientras me limpiaba el dedo y volvía a ponerme una curita, me observé. Siempre sería así, siempre lo llevaría dentro de mí. No iba a acabar con aquello. Nunca mataría al dragón, porque el dragón también era yo. La enfermedad y yo estábamos unidas para siempre.

Pensaba en el diario de Davis, en la cita de Frost: «Puedo resumir en tres palabras todo lo que he aprendido de la vida: la vida sigue».

Y tú también sigues, con la corriente a favor y con la corriente en contra. O al menos es lo que me susurraba a mí misma en silencio. Antes de salir del baño mandé otro mensaje a Davis. ¿Podemos vernos en algún momento?

Vi los puntos suspensivos, pero no me contestó.

—Deberíamos salir ya —me dijo mi madre.

Abrí la puerta del baño, agarré una chamarra y un gorro de lana del perchero y entré en nuestro garage helado. Metí los dedos por debajo de la puerta, la subí y me senté en el asiento del copiloto mientras mi madre terminaba de hacerse el café matutino. Miraba el teléfono, esperando su respuesta. Aunque tenía frío, estaba sudando, el sudor me empapaba el gorro. Pensé en Davis escuchando otra vez su nombre en las noticias. «Sigue adelante», me dije a mí misma, e intenté decírselo también a él a través del aire.

En los meses siguientes, seguí adelante. Estaba mejor, sin llegar a estar bien. Daisy y yo creamos una organización de apoyo a la salud mental y un taller de relatos para poder incluir actividades extracurriculares en las solicitudes para las universidades del año siguiente, aunque éramos los dos únicos miembros de ambos clubs. Nos veíamos casi todas las noches, en el Applebee's, en su casa o en la mía, a veces con Mychal, aunque normalmente no, en general nos veíamos las dos solas para ver películas, hacer la tarea o simplemente charlar. Con ella era muy fácil salir al campo.

Extrañaba a Davis, por supuesto. Los primeros días no dejaba de mirar el teléfono esperando su respuesta, pero poco a poco entendí que cada uno de nosotros iba a ser parte del pasado del otro. Aun así, seguía extrañándolo. Y también a mi padre. Y a Harold. Extrañaba a todo el mundo. Estar vivo es extrañar.

Y una noche de abril, Daisy y yo estábamos en mi casa, viendo a nuestro grupo preferido, que se había reunido sólo por aquella noche para actuar en la gala de un premio musical de tercera categoría. Acababan de hacer un fantástico playback de «Serás tú» cuando alguien llamó a la puerta. Eran casi las once, demasiado tarde para recibir visitas, y al abrir la puerta sentí un escalofrío.

Era Davis, vestido con una camisa a cuadros y unos jeans ajustados. Llevaba una caja enorme.

—Mmm, hola —le dije.

—Esto es para ti.

Me dio la caja, que no pesaba tanto como yo pensaba. Entré a dejarla en la mesa del comedor, y al girarme, Davis estaba yéndose.

—Espera —le dije—. Ven.

Le tendí la mano, me la tomó y fuimos juntos al patio trasero. El río había crecido, y en la oscuridad se oía el rumor de la corriente. Al acostarme debajo del gran fresno, sentía en los brazos el aire caliente. Él se acostó a mi lado y le mostré el cielo desde mi casa, fragmentado por ramas en las que empezaban a brotar hojas.

Me contó que Noah y él se mudaban a Colorado, donde Noah iría a una escuela para niños con problemas. Davis terminaría allí la preparatoria, en un centro público. Habían alquilado una casa.

—Es más pequeña que la de ahora —me dijo—. Pero al menos no tendremos una tuátara.

Me preguntó cómo estaba, y le dije que la mayor parte del tiempo bien. Ahora iba con la doctora Singh cada cuatro semanas.

—¿Cuándo se van? —le pregunté.

—Mañana —me contestó.

Y nos quedamos un rato en silencio.

—Y dime, ¿qué estoy viendo? —le pregunté por fin.

Se rio un poco.

—Bueno, ahí tienes a Júpiter, claro. Esta noche brilla mucho. Y Arturo —se dio media vuelta y señaló otra parte del cielo—. Y ahí está la Osa Mayor, y siguiendo la línea de aquellas dos estrellas de allí está la estrella polar, la que indica el norte.

—¿Por qué le dijiste a la policía que buscara allí? —le pregunté.

—No saber nada estaba consumiendo a Noah. Me di cuenta de que... Supongo que me di cuenta de que tenía que ejercer de hermano mayor. Ahora no me dedico a otra cosa. Eso soy. Y mi hermano necesitaba más saber por qué su padre no se ponía en contacto con él que el dinero, así que se lo dije y decidimos juntos.

Alargué el brazo y le apreté la mano.

—Eres un buen hermano.

Asintió. En la luz gris vi que se le salían las lágrimas.

—Gracias —me dijo—. Me gustaría quedarme aquí, en este preciso instante, durante mucho tiempo.

—Sí.

Nos quedamos en silencio. Sentía la inmensidad del cielo sobre mí, la inimaginable enormidad de todo aquello. Miraba la estrella polar y pensaba que la luz que estaba viendo era de hacía cuatrocientos veinticinco años, y luego miraba a Júpiter, a menos de una hora luz de nosotros. En la oscuridad sin luna, éramos sólo testigos de la luz, y vislumbré lo que debía de haber llevado a Davis a la astronomía. Suponía cierto alivio tener desnuda ante ti tu propia pequeñez, y entendí algo que de seguro Davis ya sabía: las espirales se hacen infinitamente pequeñas si las recorres hacia dentro, pero infinitamente grandes si las recorres hacia fuera.

Y supe que recordaría aquella sensación, bajo el cielo fragmentado, antes de que el engranaje del destino nos empujara a una cosa o a otra, cuando aún podíamos ser cualquier cosa.

Allí acostada, pensé que podría querer a Davis toda mi vida. Nos quisimos. Quizá nunca lo dijimos, y quizá nunca estuvimos en-amorados, pero lo sentía. Lo quería, y pensé que quizá no volvería a verlo, y me quedaría atrapada extrañándolo, y ¿no es horrible?

Pero resulta que no es horrible, porque sé el secreto que el yo que estaba acostado bajo aquel cielo no podía imaginar: sé que aquella chica seguirá adelante, que se hará mayor, que tendrá hijos y los querrá, que a pesar de quererlos se pondrá demasiado enferma para ocuparse de ellos, que la internarán en un hospital, que mejorará y volverá a ponerse enferma. Sé que un loquero le dirá: «Escribe cómo has llegado hasta aquí».

Y lo escribirás, y al escribirlo te das cuenta de que el amor no es una tragedia ni un fracaso, sino un regalo.

Recuerdas tu primer amor porque te muestra quién eres, es la prueba de que puedes amar y ser amado, de que lo único que mereces en el mundo es por amor, de que el amor es cómo llegas a ser persona y por qué.

Pero bajo aquel cielo, con tu mano —no, mi mano; no, nuestra mano— en la suya, aún no lo sabes. No sabes que el cuadro de la espiral está en la caja que has dejado encima de la mesa, con un post-it pegado en la parte de atrás del marco: «Robado a un lagarto para ti. —D.». Aún no puedes saber que ese cuadro irá contigo de un departamento a otro, y al final a una casa, o que décadas después estarás muy orgullosa de que Daisy siga siendo tu mejor amiga, de que tener vidas diferentes las haga mucho más leales la una con la otra. Entonces no sabías que irías a la universidad, trabajarías, tendrías tu vida, la verías destruirse y reconstruirse.

Yo, pronombre personal singular, seguiría adelante, aunque siempre en condicional.

Pero aún no sabes nada de todo esto. Le apretamos la mano. Él nos aprieta la mano. Observan el mismo cielo juntos, y al rato él dice: «Tengo que irme», y tú le dices: «Adiós», y él te dice: «Adiós, Aza», y nadie se despide de ti si no quiere volver a verte.

Agradecimientos

En primer lugar, quisiera dar las gracias a Sarah Urist Green, quien leyó muchas, muchísimas versiones de esta historia con enorme atención y generosidad. Gracias también a Chris y Marina Waters; a mi hermano, Hank, y a mi cuñada, Katherine; a mis padres, Sydney y Mike Green; a mis suegros, Connie y Marshall Urist, y a Henry y Alice Green.

Julie Strauss-Gabel es mi editora desde hace más de quince años, y nunca podré expresar mi gratitud por su confianza y su sensatez durante los seis años que trabajamos juntos en este libro. Gracias también a Anne Heausler por su atenta y disputada corrección, y a todo el equipo de Dutton, en especial a Anna Booth, Melissa Faulner, Rosanne Lauer, Steve Meltzer y Natalie Vielkind.

Estoy en deuda con Elyse Marshall, amiga, publicista, confidente y compañera de viaje, y con muchas personas de Penguin Random House que han ayudado a hacer mis libros y a que los compartiera con los lectores. Quiero dar las gracias especialmente a Jen Loja, Felicia Frazier, Jocelyn Schmidt, Adam Royce, Stephanie Sabol, Emily Romero,

Erin Berger, Helen Boomer, Leigh Butler, Kimberly Ryan, Deborah Kaplan y Lindsey Andrews. Gracias también a Don Weisberg, y a la brillante Rosianna Halse Rojas, cuya intuición y cuyos consejos han influido en todas las páginas de este libro.

Ariel Bissett, Meredith Danko, Hayley Hoover, Zulaiha Razak y Tara Covais Varsov leyeron borradores del manuscrito con gran cuidado y atención. Joanna Cardenas me hizo inestimables comentarios y observaciones. Y agradezco su ayuda de todo tipo a Ilene Cooper, Bill Ott, Amy Krouse Rosenthal, Rainbow Rowell, Stan Muller y Marlene Reeder.

Jodi Reamer y Kassie Evashevski, extraordinarios agentes, son los mejores defensores que pueda tener un escritor, y también los más pacientes. Gracias a Phil Plait por su ayuda en astronomía; a E. K. Johnston por sus conocimientos sobre Star Wars; a Ed Yong por su libro *Yo contengo multitudes*; a David Adam por su libro *The Man Who Couldn't Stop*; a Elaine Scarry por su libro *The Body in Pain*; a Stuart Hyatt por hablarme del Pogue's Run, y a James Bell, Michaela Irons, Tim Riffle, Lea Shaver y Shannon James por sus conocimientos legales. Dicho esto, la geografía, la ley, los transformadores, el cielo nocturno y todo lo que aparece en esta novela son imaginarios y están elaborados como ficción, y todo error es exclusivamente mío.

Por último: la doctora Joellen Hosler y el doctor Sunil Patel han mejorado inmensamente mi vida proporcionándome una atención en salud mental de gran calidad a la que por desgracia demasiada gente no puede tener acceso. Mi familia y yo les estamos agradecidos. Si necesitas asistencia en salud mental en México, llama al CISAME, Centro Integral de Salud Mental, al teléfono 5377 2700. Puede ser un camino largo y difícil, pero la enfermedad mental puede tratarse. Hay esperanza, aunque tu cerebro te diga que no.

Mil veces hasta siempre de John Green
se terminó de imprimir en noviembre de 2017
en los talleres de
Litográfica Ingramex, S.A. de C.V.
Centeno 162-1, Col. Granjas Esmeralda, C.P. 09810
Ciudad de México.